美人如玉劍如虹

Cyrano de Bergerac

by Edmond Rostand

陳鈞潤翻譯劇本選集

角色表

薛蘅蘆（薛）　　　　賈毓彬（賈）

賀若珊（賀）　　　　戲棚門子

紀時春（紀）　　　　詩人

桂玉書（桂）　　　　校尉

何其樂（何）　　　　少子

李百喻（李）　　　　國公

令狐逸（令狐）　　　古冶子（古）

乳娘　　　　　　　　孟福潤（孟）

何其樂妻子（何妻）　太監

道觀主持　　　　　　魚朝恩公公

范餘威（范）　　　　群眾

禁軍　　　　　　　　仕女

胡姬　　　　　　　　百里韶

道姑

小偷

餅店伙計

僮僕

老丈

編註：劇本中尚有其他角色不在此列

分場

編註：原稿並無唱詞，排演時加入七首歌曲，代替部份台詞，作曲為羅永暉，作詞為陳鈞潤，基於台詞及歌詞皆為陳鈞潤所寫，故劇本把兩版本並置。

第一幕——觀戲

唐代宗大曆年間，元宵前夕下午，長安安興坊 —— 臨時蓋搭的戲棚：有戲台，有一邊觀眾席分兩層，上層包廂格式供貴賓用，下層是長板櫈。

門子追着禁軍甲上。

門子　　喂喂喂兵大哥，入嚟聽戲十五錢呀。

禁軍甲　吓！「聽戲何須付半文」？（「須」或曰：「曾」）

門子　　何解？

禁軍甲　「大爺身屬羽林軍」！

禁軍乙上。

門子　　噉你呢？

禁軍乙　老子「教坊出入誰攔阻」！

門子　　何解呢又？

禁軍乙　「神策皇軍護駕勳」！哈哈哈……

禁軍甲　（向禁軍乙）申時方才演戲，尚有餘時，此處戲棚未有人來，我等何不練武消暇？

二人拔佩劍對拆，一僮僕上。

僮僕甲　喂！……來福！

僮僕乙　（上）咦，葡萄酒？

僮僕甲　（掏出賭具）仲有骰仔，玩唔玩？（坐地）

僮僕乙　　（亦坐）怕你咩老公雞！

僮僕甲　　（掏出一截蠟燭，燃着放在地上）我偷咗少主人個火。

禁軍丙追隨賣花女上。

禁軍丙　　妙！華燈未上，先睹芳容！（臂攬她）

禁軍甲　　（中招）一招！

僮僕乙　　一點！

禁軍丙　　（追賣花女）一吻吖！

賣花女　　（拒之）大庭廣眾！——

禁軍丙　　（拉她往暗角）冇相干！

眾百姓攜酒食上。

百姓甲　　嚟得早，有時候醫肚。

老丈與十餘歲少子上。

老丈　　　坐喺呢便啦仔。

僮僕甲　　狀元紅呀！

百姓乙　　（下出酒，與餘人圍坐）此處正合老醉貓呷葡萄胡酒——（飲）在此
　　　　　處聽胡樂胡戲！

老丈　　　（向少子）你話似唔似入咗個賊竇吖？（以杖指百姓乙）醉貓——
　　　　　（退後，禁軍甲伸腿絆他）惡霸！——（跌在僮僕之間）賭徒！——

禁軍丙　　（老丈立起時在其身後，仍糾纏着賣花女）一個香吻吖——

老丈　　　天公呀！——（連拉少子避開）仲係喺天子腳下嘅京城喺！呢班
　　　　　噉嘅禁軍！

少子　　　哦，阿爹——佢哋係禁軍呀(音牙)！

眾書僮喧嘩唱鬧上。

門子　　　你班書僮——休得喧嘩！

書僮甲　　哦，老爺！萬福！乜咁勞氣呀？

　　　　　(門子轉背時向書僮乙)喺！——繩呢？

書僮乙　　(示繩與鈎)有埋個鈎喺。

書僮甲　　上樓，鈎頸巾囉！

小偷率眾潑皮上。

小偷　　　嗱，你班新入行嘅，醒定啲聽我講。下手要快，揀定你隻肥
　　　　　羊，就施其空空妙手……

書僮乙　　(向書僮乙上樓眾童)喂，帶咗竹筒未？

書僮甲　　(自樓上)入滿豆喺！(吹筒撒豆彈人)

少子　　　禁軍係做乜㗎？

老丈　　　係當今聖上嘅親衛隊。

少子　　　你唔係話過佢哋係太監嘅鷹犬咩？

老丈　　　喺，你想死咩咁大聲！北衙八軍之中，左右神策軍先至歸宦官
　　　　　統領，其餘左右羽林，左右神武龍武仍然忠心主上……

老丈領少子步台後。

小偷　　　(向眾潑皮)混入人堆，見倒錢袋就——(作割斷繩子手勢)

老丈　　　當日明皇未有神策，就只得六軍——

小偷	佩玉啦 ——（示範手勢）
老丈	（步回台前）所以漁陽鼙鼓，六軍不發就迫死楊貴妃 ——
小偷	香囊啦 ——（示範手勢）
老丈	如今嗰個宦官魚朝恩 ——
某百姓	上燈啦！上燈啦！
老丈	做到天下觀軍容使兼知神策軍，長安城中，佢一人之下萬人之上 ——
書僮甲	個胡姬嚟賣嘢喇。
胡姬	新鮮果品，新橙、香蕉、蜜梨 ——

門外喧聲。

甲公	（外場：女高音）粗人，讓路！
僮僕甲	咦，國公爺到嗱？

眾公與名士上。

僮僕乙	佢唔粉墨登場扮女人就噏咯！
甲公	今夕何夕，竟然毋須擠迫，不用推擁，肩摩轂擊！互相踐踏？少見！少見！（向二名士招呼）古冶子！百里韶！有禮！

眾互相作揖。

古冶子	逢到必早！尚未上燈呀。
甲公	上元前夕上燈遲，成何世界呀！
乙公	國公爺不須氣惱 —— 上燈人至矣！

群眾「呀」一聲，鼓掌慶上燈：圍觀上燈人點燈。

令狐逸與紀時春把臂上，令狐衣冠不整而帶書卷氣，紀華服而畧形笨拙，似乎心不在焉，四面張望。

古冶子　　令狐逸！——

百里韶　　哈哈，時光不早——竟然未醉？

令狐逸　　(向紀)容我介紹？(紀頷首)瑯琊紀時春。

紛紛作揖說「幸會」。

眾人　　　(鼓掌慶舉燈)嘩！——

古冶子　　(望向紀而低聲向百里韶)眉目清秀，可？俊男……

甲公　　　(無意聽到)吓！

令狐逸　　(續向紀介紹)古冶子……百里韶……

紀時春　　(作揖)有禮！

甲公　　　(向乙公)此子相貌不差，獨惜稍欠豐神。

令狐逸　　(向古)紀兄剛剛從洛陽抵京。

紀時春　　冇錯，俺到長安未足一月，明日赴任左羽林軍校尉。

甲公　　　(看着仕女樓上就坐)呀——牛女員外！

胡姬　　　新橙、蜜梨——

樂工入席調音。

古冶子　　(向紀指點四周)人山人海！

紀時春　　人多，人多！

甲公	果然不差，帝京顯貴（自拍胸）雲集此地！

各人點名指出入坐仕女。

離遠為禮。

乙公	高女員外……
古冶子	博陵世家……
甲公	人人尊敬……
白里韶	崔夫人……
乙公	人人心醉──
令狐逸	咦，來者豈非郭二郎，新從塞外歸！
少子	（向老丈）班詩人嚟晒嘑？
老丈	差不多啦……我見倒劉長卿、韓翃、盧綸、錢起──大曆十才子嚟咗七八個！
甲公	老兄試看──翰林學士來者亦不少呀：魯公、吳公、獨孤公……
乙公	吓！姓氏之怪匪夷所思！國公爺全數相識？
甲公	全屬知交呀國公爺！
令狐逸	（拉紀一旁）好小子，你叫我來此助你一「眼」──好啦，惟是芳蹤何處呢？我馬上就走。
紀時春	走不得──多留一刻！該位小姐乃戲坊常客，求求你，我定須設法相會，我私心傾慕成狂！而令狐兄──你識盡長安名人仕女，將時人逸事，譜入樂章──至少老兄能將芳名見告吖！
樂工	諸位……（咳嗽示意「肅靜」）
胡姬	鮮葡萄、胡桃──

紀時春	再者，伊人或者愛好文墨……所謂才女呢 —— 俺又如何能與此等仕女交談呢？ —— 俺目不識丁，時下各種雅士清談風氣俺一概不懂 —— 俺一介武夫 —— 然而無膽闖情關。嗱，佢通常坐那廂 —— 未到。
令狐逸	（起行）失陪嘞。
紀時春	（拉住）且慢！
令狐逸	一定要走。離此不遠有酒家 —— 而我口渴唇焦。
胡姬	（至其前）新橙？
令狐逸	不好（去聲）！
胡姬	蜜糖？
令狐逸	（厭惡狀）Ugh！
胡姬	麝香葡萄酒？
令狐逸	喂！等等！（向紀）我多留一會。（向胡姬）取酒來試試。（坐，倒酒）

一胖子滿面笑容上，門邊閒漢叫聲：「何其樂」。

令狐逸	（向紀）何其樂，詩痴兼煎餅店主 —— 長安一名人物！
何其樂	（速趨令狐）大爺，可曾見過薛蘼蘆大爺呀？
令狐逸	（介紹與紀）容我介紹……何其樂，煎餅名家，當世詩壇盟主。
何其樂	（飄飄然）過獎，過獎！
令狐逸	騷人墨客之孟嘗君！當之無愧 ——
何其樂	無疑係，啲詩人總喺我小店爐邊聚腳。
令狐逸	養活詩客三千。

何其樂	事實係：一首五絕 ——
令狐逸	你獎一塊煎餅 ——
何其樂	煎餅仔 ——
令狐逸	謙虛！而一首七絕你就獎 ——
何其樂	胡麻餅。
令狐逸	加香茗！你又好(去聲)教坊雅樂？
何其樂	好鍾意！
令狐逸	哦，有餅能通四海。你今日佔此一席 —— 嘩你知我知，所費幾何？
何其樂	四團糕加十四塊餅。(四顧)不過 —— 薛蘅蘆未到？奇哉怪也！
令狐逸	何解呢？
何其樂	呢 —— 孟福潤唱戲吖嗎！
令狐逸	我聽聞隻肥豬登場演蘭陵王，惟是又與薛蘅蘆何干呢？
何其樂	你冇聽聞咩？薛大爺好憎孟福潤，憎到禁止佢正月之內登場亮相吖嗎。
令狐逸	(飲到第四杯)當真？
何其樂	孟福潤登場！ ——
古冶子	(步至)那又如何？
何其樂	哦！噉我咪嚟睇好戲囉。
甲公	薛蘅蘆 —— 何許人也？
古冶子	哦！長安第一名劍客。
乙公	出身高門？

古冶子	世家子弟，羽林軍校尉。(李百喻上，四顧尋人狀，古指之) 李百喻乃薛蘅蘆好友，當能更為詳述。(叫李) 李百喻！(李趨之) 欲尋薛蘅蘆乎？
李百喻	正是，亦即是尋是非之地。
古冶子	薛蘅蘆莫不是非常人也？
李百喻	高義良友，當世第一勇士！
何其樂	詩人——
古冶子	劍客——
李百喻	唱家——
百里韶	鴻儒——
令狐逸	更兼相貌不凡！
何其樂	冇錯，佢祖籍西涼，習染胡人風氣，平日衣冠不修邊幅，帽插三條黃羽，衫分六幅，披風後擺被長劍翹起，成條雞公尾噉——西涼人個個高傲而佢更傲氣高人一等。然後再加埋佢個鼻，想話佢冇胡種都冇人信！大爺呀，佢嗰個鼻係萬中無一嘅——你見倒佢個鼻冇法子唔嗌出嚟：「唔係真嘅，點會咁高！」然後你就笑出嚟話：「實係假嘅，睇住佢就快會除低佢嘅。」不過薛大爺就永冇噉做。
令狐逸	(森然)尊範不堪承教——至若誰敢當面取笑，定然性命堪虞！
何其樂	佢把劍正一係閻王令！
甲公	(聳肩)此人不會露面。
何其樂	佢唔嚟？國公爺，我同你賭一隻何家公雞！
甲公	(笑)一言為定！

一陣驚艷讚嘆之聲：賀若珊與乳娘上，在樓上就坐：賀在前、乳娘在後，紀正付錢與胡姬而未覺。

乙公	嘩！諸位請看那廂！豈非絕色佳人乎？
甲公	春花競秀 —— 秋月凝粧 ——
乙公	艷如桃李 —— 冷若冰霜，我等心焉嚮往，亦難免受凍而僵！
紀時春	(抬頭見賀，拉令狐臂)那邊廂！快看 —— 上面 —— 樓上！見倒嘛？ ——
令狐逸	(冷然)你意中人正是這位？
紀時春	快快相告芳名！
令狐逸	(呷着酒)女員外，姓賀，閨名若珊……長安……才女……
紀時春	呀！ ——
令狐逸	雲英未嫁……
紀時春	哦！ ——
令狐逸	祖上未獲官誥……但有資財……父母雙亡……至親唯一表兄薛蕌蘆……正是方才談及之人……

一貴人上，錦袍玉帶，立樓上與賀語。

紀時春	(驚)而來者是……？
令狐逸	(曋)哦呵！此人嘛？……神策軍中尉……桂玉書……傾慕伊人……可惜使君有婦，乃係宦官魚朝恩侄女……故此退而思其次，有意玉成賀若珊小姐……嫁與其摯友……范餘威……公子……其人語言無味……惟是……任其擺佈！……小姐拒絕……惟是……桂玉書權傾帝畿……定必施加壓力……(立起，搖幌而甚樂)在下曾作一曲譏諷桂氏惡行……尚算悅耳……嗹，我唱與你聽……桂大爺非常憤怒……尖刻之曲，亦可一聽 —— 聽住！……(舉杯欲唱)
紀時春	下次再聽，告辭！

令狐逸	君將何之？
紀時春	去找范餘威公子！
令狐逸	老弟小心！此人劍術高明……（向賀點頭）且慢！有人向你注目呀——
紀時春	賀若珊！……（與賀四目交投，渾忘一切。小偷與潑皮見狀，開始潛近他）
令狐逸	哦！好，好，你不走，我走……請呀……請！……外面四處人人愛聽在下之歌！——更兼，口渴！

令狐搖擺不定地下，李回向何。

李百喻	薛蘅蘆未到！
何其樂	睇落至知！
李百喻	唔！但願佢未聞風聲！
群眾	演戲！演戲！

桂玉書率眾離賀就坐，范餘威進立其左右。

甲公	（看着桂）桂玉書此人——好大架子！
乙公	呸！——又一名驕矜西涼人！
甲公	雖是西涼人——惟是極工心計——極有權謀——定非池中物。上前打個招呼如何？他日定有好處，老夫保證……

二公趨桂。

乙公	桂大人，好錦袍！此種花繡，是否叫做——「藍袍惹桂香」抑或「龍穿鳳」呀？

桂玉書	本座稱之為「鯨吞吐蕃」。
甲公	哈！果然不差——多得桂大人不時領神策軍護衛關中迎擊番兵，吐蕃人聞風喪膽。
桂玉書	何不佔個頭位？范公子隨我來。
紀時春	范公子？范餘威——吓，好小子！待我拔劍與你一較高下——（伸手拔劍而捉住小偷之手）
小偷	噢！——
紀時春	（緊握其腕）你是誰人？何以伸手入我錢囊？我伸手取劍——
小偷	就取咗我隻手，你放手，我有事話你知。
紀時春	何事？
小偷	令狐逸呀——你個朋友呢——
紀時春	如何？
小偷	命不久矣咯——明未？中伏身亡呀。佢作咗首歌諷刺桂——無謂提啦。今晚有足足一百人埋伏街頭等住佢——我都係其中一個。
紀時春	一百人？係何人主使？
小偷	秘密。
紀時春	哦！
小偷	盜亦有道，唔講得。
紀時春	在何處埋伏？
小偷	延興門，佢歸家必經之路，講佢聽，救佢命。
紀時春	（放之）好，惟是未知令狐逸行蹤？
小偷	沿途逐間酒館去，飛羽觴、白鶴樓、太平樓、長樂樓、杜康樓——每處留個字條——明未？警告佢。

紀時春	(趨門)馬上就去，成何世界 —— 一百人伏擊一個！……(駐足望賀)留下伊人！——(狠狠望范)留下此人！——(決斷)定須救令狐逸！(下)
群眾	演戲呀！演戲！動樂！
老丈	(書僮釣起其頭巾)我頂帽！
眾童	哈哈！牛山濯濯！
群眾	釣得好！哈哈哈！
老丈	(怒而揮拳)你班小渾蛋！
眾童	哈哈！哈哈！哈哈！(每次漸弱至完全沉寂)
李百喻	(驚奇)何以忽然沉寂？(鄰座向他耳語)吓？
鄰座者	樓上傳嚟可靠消息……
群眾	(紛紛)吓？嚟咗……唔係啩……係呀……睇呀……嗰便垂簾嗰度……魚朝恩公公……魚公公！……
書僮甲	真係掃興！冇得胡鬧咯！
甲公	(簾後出)滅燭！
乙公	端椅！……

群眾一手傳一手將椅傳上樓去簾後。

眾	唏！肅靜……

二公守在簾外座，樂工奏起樂曲。

李百喻	(低聲向何)孟福潤登場？
何其樂	(點頭)有戲睇咯。
李百喻	(放心舒一口氣)薛蘅蘆不在此間！

何其樂　　我輸咗……

李百喻　　嗯！── 如此最好！

孟福潤戲服出台。

眾　　　　(鼓掌)孟福潤！好……好！……好！……

孟福潤　　吾乃北齊蘭陵王是也……

薛蘅蘆　　(從人群中，聞聲不見人)王八蛋，我可曾吩咐你正月之內不得
　　　　　登場？

眾大嘩，四處張望，低語。

眾　　　　邊個？……邊處？……做乜事？……

古冶子　　薛蘅蘆！

李百喻　　(大驚)正是他！

薛蘅蘆　　(仍未見人)優中之劣！馬上 ── 下台！

眾　　　　啊！──

孟福潤　　我，我……我……

薛蘅蘆　　你敢抗命？

眾　　　　嘛！繼續唱戲 ── 肅靜！── 孟福潤，繼續唱！── 何須怕？──
　　　　　怕？怕甚麼？

孟福潤　　吾乃北齊蘭……

薛蘅蘆　　吓？吓？吓？樂戶之哀！莫非要我在你肩上遍插茱萸？

人叢中一長臂揮起長劍鞘。

孟福潤　　「吾乃 ──」

19

薛蘅蘆	滾！
眾	呀……
薛蘅蘆	(從座中立起站櫈上，交叉疊臂)再遲在下快動真火！
孟福潤	(向諸公)各位大爺若肯保護小人──
眾	唏──唱戲啦！
薛蘅蘆	肥豬！你若敢吐半字戲文，定必在你雙頰拍板！
眾公	下面肅靜！
薛蘅蘆	各位貴官若不安座，惟恐刀劍冇眼！
眾公	(立起)混帳！──孟福潤──
薛蘅蘆	肥鵝，飛遁！咄！快快振翅，否則拔你毛羽，挖你肝腸！
觀眾甲	慢慢嚟──
薛蘅蘆	下台！
觀眾乙	有事慢慢講──
薛蘅蘆	吓──尚在台上？(捋袖)好──我登場──大車身──拔劍──宰肥吖鵝。
孟福潤	(盡量保持尊嚴)大爺，你羞辱我，即是不敬先帝明皇創立梨園聖意！
薛蘅蘆	(異常尊敬地)大爺，倘若先帝明皇陛下，在日未曾識荊，九泉有知得見尊顏──只消驚鴻一瞥閣下舍利塔一般身材──萬歲爺定然睜龍眼，舉龍靴──用御璽於尊後盛臀呀！
眾	孟福潤！……孟福潤！唱戲！唱戲！
薛蘅蘆	(向眾)各位坊眾，尚請對我盒中寶劍稍存禮貌，在下三尺龍泉即將反唇相稽！

眾退開圍一較大圈。

眾	退後——
薛蘅蘆	(向孟)走！
眾	哼！……哈！……(漸圍攏，怒)
薛蘅蘆	(轉向眾人)誰人出言？

眾再退。

饒舌者	(在堂後喝)「薛氏蘅蘆驕又狂，專橫賽過秦始皇，易水荊軻為你唱，老子來聽蘭陵王。」
眾	(和)蘭陵王！蘭陵王！
薛蘅蘆	我再聽得此歌一字入耳，定教(音交)爾曹無一倖免！
老丈	你當你是誰人？百萬軍中趙子龍？
薛蘅蘆	比得好，可否借我青釭(音江)寶劍？
仕女	好狂妄！
貴人	無法無天！
老丈	擾人清興！
書僮甲	認真好玩！
眾	唏！孟福潤夜戰薛蘅蘆！
薛蘅蘆	住口！
眾	(喝倒采喧嘩聲)嗚！嗚！嗚！呸！噓！
薛蘅蘆	咱——
書僮乙	(貓叫)咪咬！

薛蘅蘆	咱叫你等住口！——（眾懾然靜默）我今向爾等全體下戰書！果然英雄出少年，上前一一待我記下大名，好為爾等立碑，逐一道名——請勿爭先恐後！一、二、三——排好隊伍——誰人帶頭——你嘛大爺？搖頭擺手嘛！你吖？又退縮，我劍下先殺之第一人，定必為建牌坊！……無人應戰？有意歸西者請舉手？……哦，原來如此，各位禮義周全，羞見寶劍鋒芒畢露，天真無邪，可愛可愛！……無一人報名來？無一人豎一根手指？……好，好，在下繼續：（回向台上，孟絕望待罪）我為教坊除此惡毒大瘡，不惜——（手指劍柄）開刀！
孟福潤	我——
薛蘅蘆	（自欖上下地，坐圈中央，好整以暇）上元滿月，聽住！我擊掌三聲，到第三聲你就自行虧蝕。
眾	（看好戲）呀！
薛蘅蘆	聽好？——！
孟福潤	我——
眾	休怕！……佢實會走——佢實唔走——
孟福潤	各位大爺，我睇怕——
薛蘅蘆	二！
孟福潤	我怕者最好——
薛蘅蘆	三！

孟消失，哄堂大笑與喝倒采。

眾	噓！——懦夫——返嚟——
薛蘅蘆	（趾高氣揚，入坐，翹腿）如若有膽——任他回轉！
老丈	有戲做！賠錢！賠錢！

蒼鶻登作揖。

眾　　　　呀！

蒼鶻　　　各位大爺 —— 高士 ——

眾　　　　唔要你！要參軍 —— 參軍！——

參軍　　　(登台，用鼻音)各位小爺 —— 低士 ——

眾　　　　哈哈！唔錯！好嘢！

參軍　　　有乜咁好！我哋個腰大十圍嘅蘭陵王遐爾引退 ——

眾　　　　係囉！冇膽鬼！

參軍　　　我係話……有事告退 ——

眾　　　　叫佢返嚟 —— 唔好 —— 好 ——

少子　　　(向薛)講真吖，你為乜咁憎呢個孟福潤啫？

薛蘅蘆　　小郎君，在下有兩個理由，任何一個經已足夠有餘，其一：斯
　　　　　人也，雖無過犯，面目可憎，出口低賤之詞，難入高人之耳。
　　　　　其二嘛 —— 咳 —— 乃在下私事。

老丈　　　(在其後)然而你鬧散「蘭陵王」嗎！要我哋掃興，只因 ——

薛蘅蘆　　(尊重地移櫈向老丈)老丈人，「蘭陵王」之曲難登大雅之堂，只
　　　　　合放諸四夷，閣下並無損失！

眾仕女　　是何言歟！「蘭陵王」！好小子！—— 大言不慚 —— 出言無狀！

薛蘅蘆　　(又移櫈)好小姐 —— 艷陽長照兮輝艷粧，百花怒放兮競吐芳，
　　　　　夢中淺唱兮吾將醉，紅袖添香兮 —— 莫論短長！

蒼鶻　　　講得好，至於區區小數咯喎 —— 或許你豪氣干雲兮代作賠償 ——
　　　　　可？

薛蘅蘆　　蒼鶻，你今夕惟獨此言有理！在下絕無煮鶴焚琴之意 —— 嗱，
　　　　　接住！——(拋錢袋)於是乎閉嘴。

眾	（詫）吓！吓！
參軍	（接住，用手試輕重）大爺，本參軍就准你老人家夜夜依樣畫葫蘆再來鬧戲棚。
眾	（喝倒采）噓！
參軍	多謝！歡迎你老人家與本參軍齊齊比人噓！
蒼鵑	有請大家排隊出外收錢……
參軍	（桂仿之）收錢……

眾魚貫正欲出，仕女在樓上已起立，惟以下一節使眾人立定。

李百喻	（向薛）大傻瓜！
饒舌者	（急趨薛）乜你咁大膽！孟福潤 —— 孟大爺嘞！你唔知魚公公係佢後台咩？你又邊個後台撐腰呀？
薛蘅蘆	全無後台。
饒舌者	全無後台？
薛蘅蘆	正是。
饒舌者	吓，你冇大人高官為你撐腰喫 ——
薛蘅蘆	（明顯不耐煩）冇呀，我曾兩度相告，何以喋喋不休，冇呀老兄，並無高官撐腰 ——（手按劍）但有紅顏知己！
饒舌者	噉你幾時離開長安呀？
薛蘅蘆	隨意而行。
饒舌者	魚公公隻手遮……隻手好長個嘞。
薛蘅蘆	我更長 ——（拔劍）多三尺！
饒舌者	係，係，不過你發夢都唔敢 ——

薛蘅蘆	我正是造夢而敢……
饒舌者	不過──
薛蘅蘆	君宜退下。
饒舌者	不過──
薛蘅蘆	君宜速退──或是告訴在下，你何以注目於吾鼻！
饒舌者	冇呀──我──
薛蘅蘆	(迫近一步)是否令你吃驚？
饒舌者	(退縮)大爺你誤會咗我──
薛蘅蘆	是否又長又軟又垂垂似象鼻？
饒舌者	我冇講過──
薛蘅蘆	又或者末端有瘤點綴？
饒舌者	冇──
薛蘅蘆	或是有青蠅上下拭淚？主何吉凶？
饒舌者	唉！──
薛蘅蘆	此乃何兆？
饒舌者	但係我已經好小心唔望──
薛蘅蘆	如此敢問為何不望呢？
饒舌者	為何──
薛蘅蘆	然則此物有污尊目乎？
饒舌者	大爺呀──
薛蘅蘆	是否色澤欠佳？
饒舌者	唔係，絕無此意！

薛薌蘆	抑或形狀不文？
饒舌者	一啲都唔係——
薛薌蘆	然則何以如此見棄呢？遮莫是尊意以為拙鼻稍嫌畧大？
饒舌者	(結舌)唔係呀！—— 好細，非常細，簡直微小——
薛薌蘆	(吼)吓？好膽！你譏笑在下胡説？在下之鼻 —— 微小？何解——
饒舌者	阿媽呀！——
薛薌蘆	惟吾隆準，碩大無朋！……我把你個塌鼻小豆笨驢頭，須知我以此鼻傲視同群，事關大人方有大鼻 —— 仁、義、禮、智、勇 —— 正如在下之儔 —— 至若爾輩小人 —— 難以望吾項背。只因爾面上 —— 一片平川，蓖麻疥癩，我拳風到處 ——(擊其鼻)
饒舌者	哎吔！
薛薌蘆	—— 如中敗絮，直是無格、無神、無韻、無采、無節，一言以蔽之，是為無鼻 —— 恰似 ——(捉其肩，轉其身，言行一致)你脊樑之末，我左足所至 ——
饒舌者	救命呀！禁軍爺爺呀！(遁下)
薛薌蘆	有意將在下顏容山巒勝景作笑談者，宜以此人為鑑！若是高人貴客賜教，自當加倍欣賞 —— 報以更衷心，更一針見血之應和。
桂玉書	(率眾步去)此人絮絮叨叨，令人漸感煩厭。
范餘威	大言不慚！
桂玉書	難道 —— 無人干預？
范餘威	無人？(左右一看)且看我稍挫其鋒。(趨薛，趾高氣揚對視)唉……尊鼻……嗯！……尊鼻似嫌……稍大！
薛薌蘆	(凝重地)當真？
范餘威	(囁嚅)當真 ——

薛蕈蘆　(冷然)言盡於此矣？

范餘威　(聳肩轉身)話不投機半句多——

薛蕈蘆　郎君差矣！君言失之太簡。咄咄咄，本來大可——唏，千般説法！天賜良機，輕輕放過？

《笑罵由俺》歌詞

薛蕈蘆　一心譏諷我應知基本法，
　　　　嘲笑分千百個方法，
　　　　詐天真法：「讚美啲書法，
　　　　開叉筆向鼻上一捺。」
　　　　詭異句式：「為何鼻曬黑，
　　　　刀疤雪白，未變黑？」
　　　　引典故話：「流淚似一江
　　　　春水斜走瀉下巫峽。」
　　　　悲歌示法：「哀君之衰老，
　　　　青春英姿，眼尾打褶。」
　　　　賞花惜花：「好好一枝花，
　　　　光禿禿花未謝先摘。」
　　　　數學格式：「鼻樑共佢等腰
　　　　三角，畫畫個框。」
　　　　作風趣狀評論吓：「面珠
　　　　開此闊敞馬路，萬能達。」
　　　　君有學問，就會識表達。
　　　　見識膚淺，何能妙用罵人
　　　　辦法？
　　　　天心天肺：「烏蠅激嬲你，
　　　　都不須揮劍去斬殺。」
　　　　好心方式：「當心啲官差
　　　　通緝刀疤面大飛賊。」

台詞

譬如，
挑釁説法：在下若有鼻如君，
定必引刀一快！
友好説法：有鼻如此，
如何飲酒呢？君當特製一杯。
比興(音慶)説法：
如石——如巖——如懸崖——
懸崖？直是高峰插雲！
好(去聲)問説法：
此匣所載何物——徐夫人
匕首抑或鎮海明珠？
善心説法：呀。想必對飛鳥
憐愛之極，以此供鳥兒企立
競唱之用。
無禮説法：足下流涕之時，
四鄰定必以為渭河泛濫。
忠告(音谷)説法：小心
頭重尾輕跌倒呀。
遠見説法：人來打傘，
如斯細緻膚色，恐遭烈日
所炙！
掉文説法：豈不聞莊子云：
西陲有異獸名長鼻象？
莫非現身眼前乎？

輕佻說法：提燈漢，多煩在你
花燈之上覆以黑布，燈光刺眼
太甚呀。

花巧說法：當其噴也，風雲變
色，狂風怒號！

引經說法：當其決也，血流漂
杵（音許）！

市儈說法：以此作沉香店舖招
牌，豈非上佳！

誦詩說法：笳聲傳萬里，長號
召王師！

小兒說法：此石碑豎於何時？

尊敬說法：見君豐隆，卓然
出眾。

田家說法：吓？笑話！此乃鼻
乎？非也非也，休欺我無知——
兀的不是半截黃瓜麼？

兵家說法：征旗西指！

惟利說法：何不以此作社賽
利物？

又或者——仿前人詩句——絕代
有高鼻，一顧傾人國！

以上各種罵人妙法，
天光可以用，用到黑。
各式各樣調味法，
任君挑選要幾重味辣唔辣。

薛薔蘆　郎君若有些少文才，本可以上述說法修飾詞令。獨惜足下論才
並無豆丁半點，至若論文嘛，足下大可以三字論盡，蠢如豬。
再者——你若有自知之明，在此大庭廣眾當面見笑——當初根本
不敢迸出半句！事關我樂於自嘲，然而不准任何人等取笑我。

桂玉書　范兄——走啦。

范餘威　（結結巴巴）吓——大言不慚！——跳樑小丑——此人——一無羅
衣！二無佩玉——三無玉帶——四無烏靴——

薛蘅蘆	自有寶玉佩於心間，不須裝扮成脂粉客；心內自有日月，有恩必酬，有仇必報 —— 此心澄明如鏡，拙樸如古玉 —— 此節久經磨鍊而襤褸，然歷久不移，行則佩無形之玉，坐則戴逍遙之冠，以德為錦，以義為飾 —— 言語發自心聲，辭令寄於學問 —— 口出輕狂諷世之音，腰懸抱打不平之勇，縱步長安街上，步步鏗鏘！
范餘威	然而 ——
薛蘅蘆	然而在下並無羅衣！惜哉！曾有一襲羅衣 —— 碩果僅存 —— 終歸失去，乃無心之失，事緣一位貴人投我以輕侮，我報之以 —— 羅衣覆蓋其屍。
范餘威	笨蛋，蠢豬，村夫，無禮狂徒，王八蛋！
薛蘅蘆	(作揖)哦？素仰大名。在下薛蘅蘆！
范餘威	(轉身欲離)滑稽優孟！
薛蘅蘆	(突然彎身慘叫)哎吔！
范餘威	(回身)何事？
薛蘅蘆	(作痛狀)在下右手抽筋作痛 —— 只因久疏練習 —— 唉！
范餘威	此話怎解？
薛蘅蘆	寶劍久未出鞘！
范餘威	(拔劍)就如你所願！
薛蘅蘆	幸哉足下，死得其所。
范餘威	(輕蔑地)詩客！
薛蘅蘆	正是：詩客，承如尊命；我倆決戰之際，待我即席贈你一亂六聯三律半。
范餘威	吓？
薛蘅蘆	諒你亦不懂！

范餘威	我 ——
薛蘅蘆	足下須知律詩八句中含兩聯，我贈你三首律詩 ——
范餘威	出手！
薛蘅蘆	再加四句絕詩一亂。
范餘威	你 ——
薛蘅蘆	在下一面應戰，一面隨口吟就三律一亂，而在亂之終 —— 取你狗命！
范餘威	你做得到咩？
薛蘅蘆	當然。（朗誦）「正月十四薛蘅蘆屠狗於安興坊。」
范餘威	（嗤之以鼻）此話怎解？
薛蘅蘆	方才之句？乃是詩題。
眾	（興奮）上啦 —— 圍大啲個圈 —— 肅靜 —— 前便踎低啲！

眾貴賤混雜圍觀，書僮按肩跳高來看，仕女在樓上俯瞰，桂與其伙立一邊，李、古、何及其他薛友立另一邊。

薛蘅蘆	（閉目）且慢……待我先選一韻……好！請！

二人比劍，薛同時吟詩。

薛蘅蘆	春意闌珊酒意濃（取酒杯在左手）
	美人如玉劍如虹（向樓上仕女點頭微笑）
	輕舒猿臂懲鷹犬
	小試牛刀弄狗熊
	項伯項莊空舞劍
	鍾紳鍾縉枉爭鋒
	龍泉飛舞龍吟和（去聲）
	亂既終時爾亦終

續鬥。

薛蘅蘆　　紫電青霜映白虹
　　　　　莫邪干將化游龍
　　　　　解牛焉用庖丁技
　　　　　屠狗何須朱亥功
　　　　　錯捋虎鬚應有悔
　　　　　敢撩龍性實難容
　　　　　君誠有幸朝聞道
　　　　　亂既終時爾亦終

薛大口喝酒。

薛蘅蘆　　詩興爭如酒興濃（一口噴酒在范面上）
　　　　　葡萄先染錦袍紅（一輪急攻）
　　　　　左支、右絀、連連退
　　　　　直砍、橫揮、步步攻
　　　　　架隔遮攔攔不住
　　　　　驚惶惱恨恨無窮
　　　　　荊軻悔未師勾踐
　　　　　亂既終時爾亦終

薛莊嚴地宣佈。

薛蘅蘆　　亂曰：
　　　　　最是倉皇辭世日
　　　　　酬詩送爾入溟濛（以下隨詩句挑脫其帽）
　　　　　去冠、撤劍、朝天……跌（擊下其劍，勾跌范）
　　　　　亂既終時──

薛一劍中范心，范倒退跌在其伙臂彎，薛續完詩句：

薛蘅蘆　　——爾亦終

叫好聲，鼓掌，仕女擲花及手帕，眾禁軍向薛豎拇指道賀，何歡欣起舞，李滿面堆歡，范眾友扶他下。

眾	嘩！
禁軍甲	精彩！
一仕女	妙絕！
何其樂	妙到好癲！
甲公	果然名不虛傳！
李百喻	呸！
眾	（圍薛恭賀）好嘢 —— 恭喜 —— 好詩 —— 好劍法！——
一仕女	果然是文武全才！

一神秘客趨薛抱拳。

神秘客	郎君，請恕在下唐突 —— 果然好身手！識英雄者重英雄 —— 在下方才眼福耳福皆不淺！一直擊節讚賞！（速轉身下）
薛蘅蘆	（向古）方才此人是誰？
古冶子	哦……隴西劍仙李白後代詩人，人稱劍聖李三少爺！
李百喻	（捉薛臂）過來細說 ——
薛蘅蘆	先待人家散去 ——（向蒼鵑）我等可否勾留？
蒼鵑	（打躬）賞面！（場外喝倒采聲）
參軍	（在門口張望而回）聽吓！—— 孟福潤呀 —— 佢哋噓緊佢呀。
蒼鵑	（莊嚴地）落得如此下場！（吶喊）—— 閂門！……唔使熄燈 —— 我哋食完晚飯再排新戲。（與參軍向薛再拜而下）

門子	(向薛)你唔食飯？
薛蘅蘆	我？免嘞！(門子下)
李百喻	何解呢？
薛蘅蘆	(帶恕)只因——(見門子已退而轉聲調)只因我囊中無錢。
李百喻	(作拋囊手勢)惟是——方才錢袋？
薛蘅蘆	斷送了爹爹周濟。
李百喻	然則正月之內你——
薛蘅蘆	不名一文。
李百喻	好一個大傻瓜！——
薛蘅蘆	然而好一手——一擲千金！
胡姬	哼(咳嗽聲)(薛與李旋頭，她羞怯上前)大爺，請恕奴家無禮……男兒家不應捱餓……(示所賣食物)你睇，我有各款食品……(熱心地)請隨便！
薛蘅蘆	好胡姬，在下不能折此西涼傲氣，就此嗟來之食——然而，為免有負好意而傷汝心，待我拜受……(挑選)聊表領情！葡萄一顆。(胡姬遞成串，薛擇其一)但取一枚足矣！尚乞賜水一杯……(胡姬酙酒，薛止之)清水，再加……半個煎餅！(莊嚴地交還半個)
李百喻	大蠢材！
胡姬	請大爺再選？
薛蘅蘆	好——就敢請一親素手。(吻胡姬掌)
胡姬	多謝大爺見愛。(下禮)奴家告退。(下)
薛蘅蘆	如今洗耳恭聽。有食！(吃餅)有飲！(喝水)有佳果！(吃葡萄)好——待吾就坐，(坐)唉！腹如雷鳴！好餓！(吃餅)你有何言？

李百喻	如斯西涼風骨，心高氣傲，終歸招禍，你若肯聽良言，試問問世故之人對你此種狂妄行為有何感想。
薛蘅蘆	(吃完餅)擊節讚賞囉。
李百喻	魚朝恩公公——
薛蘅蘆	(大喜)方才在座？
李百喻	定必認為你——
薛蘅蘆	詩句清新可喜。
李百喻	然而你——
薛蘅蘆	公公雅好教坊戲樂，若有見地，定必讚賞我驅逐孟福潤之舉。
李百喻	然而你樹敵太多！
薛蘅蘆	(吃葡萄)君以為有幾多？
李百喻	區區四十八，未計仕女。
薛蘅蘆	數來聽聽。
李百喻	孟福潤、桂玉書、公公、梨園內外教坊全體——
薛蘅蘆	夠喇，你令我異常快意！
李百喻	然而長此以往前途如何？你有何打算？
薛蘅蘆	我半生浪蕩——虛耗精神於太多打算，如今我選定一個目標。
李百喻	一個目標？即是——
薛蘅蘆	非常簡單——止於至善！
李百喻	嗯！——好，至於你痛恨孟福潤之真情！
薛蘅蘆	(立起)此一詼諧優孟，肚皮肥大雙腿難承，尚厚顏登場獻藝，自以為顛倒眾生，尚能迷惑少女——我之恨他，始於當日此人膽敢以無恥笑面垂涎向住——唉，老友，我當時似見肥豬向嬌花獻媚！

李百喻　　（驚奇）吓，你語帶狂妒之情？莫非你竟然？——

薛蘅蘆　　（苦笑）因情生妒？（認真地）……正是。

李百喻　　可否賜告？你從未提起——

薛蘅蘆　　所愛何人？你試想，想想我——我呀，天下最平凡一個女子，亦將鄙棄於我——我呀，人未到鼻先臨早半個時辰！我又可以鍾情於誰呢？哈——當然——乃係天下第一絕色佳人啦。

李百喻　　天下第一？

薛蘅蘆　　舉世無雙，有才有貌，長安首選！

李百喻　　究竟是誰人呢？

薛蘅蘆　　取人性命而不自知，蕩人心魄而不自覺，天降魔星折磨世間男士，一枝紅艷引人入迷。一舉手一投足自有風華絕代，輕聲淺笑卻似仙子臨凡——傾國西施，掌中飛燕！未若伊人絕色，在長安艷壓群芳！

李百喻　　哦——不問而知！

薛蘅蘆　　不難猜想。

李百喻　　是你表妹若珊小姐？

薛蘅蘆　　正是，若珊。

李百喻　　這有何難？既然相愛，何不坦言相告呢！你今夕正在她眼前揚威。

薛蘅蘆　　老朋友——你望望我，然後「坦言相告」我既有此累贅，尚有多少指望！我不能自欺欺人！曾幾何時——吓！我也曾心中泛起情潮，在夜涼如水中獨行，步過雨露曾霑之新發花叢，此一龐然大鼻，春芳微聞……就此遊目追蹤，一泓月色之下，少男少女追逐嬉戲……而不禁自覺，尚欠一美人為伴，與我同步於銀光中，向我回眸淺笑。然後我沉醉於夢中——渾忘……然後赫然見到我在牆上之側影！

李百喻　　好朋友！……

薛蘅蘆	朋友，我曾經此苦，深感貌寢、孤單、有時 ——
李百喻	你可曾落淚？
薛蘅蘆	絕無其事！豈非滑稽 —— 雙淚長垂於鼻側長長之路？我豈能有辱清淚之高雅。我絕不灑淚！世間再無清於眼淚之物！—— 我又豈能以此賤貌冒瀆於他？
李百喻	多情自古遭天播弄！
薛蘅蘆	非也，我傾慕貂蟬，可有呂布之貌？
李百喻	方才殷勤勸食之胡姬！你親眼所見 —— 她可曾不敢正視你容顏呢。
薛蘅蘆	所言不差……
李百喻	當然！至於若珊姑娘，方才旁觀你鬥劍，花容慘白更勝 ——
薛蘅蘆	慘白？——
李百喻	櫻唇半啟，玉手捧心 —— 我親眼所見！何不向伊人明言呢，明言呀老兄！
薛蘅蘆	用區區之鼻為導引？她可能嗤之以鼻；這正是我最懼怕之後果！

門子引乳娘上。

門子	吓……若珊姑娘？
乳娘	(萬福)表少爺萬福……我家小姐差老身請問大爺：可否賜示何時何地私下相見？
薛蘅蘆	(大驚)見我？
乳娘	正要見你，小姐有事求教。
薛蘅蘆	有事 ——
乳娘	求教，相告。

薛蘅蘆	（發抖）上天見憐！……
乳娘	小姐與我明朝一早出城祭祖，之後未知可否相約一聚呢？
薛蘅蘆	（捉李臂）何處？── 我 ── 唉！……上天見憐！……
乳娘	大爺意下如何？
薛蘅蘆	容我想想……
乳娘	大爺之意？
薛蘅蘆	我……何其樂煎餅店……何其樂……煎餅販子呢……
乳娘	店在何方？
薛蘅蘆	吓……哦，在……天啊！……勝業坊。
乳娘	一言為定，明朝 ── 卯時。老身告退 ──
薛蘅蘆	定必依時赴會。（乳娘下）我……（喜極擁李）要見我呀！……
李百喻	守得雲開見月明。
薛蘅蘆	不管是何原故 ── 總之表妹尚知世上有我此人！
李百喻	於是老兄如今非常開心。
薛蘅蘆	如今！……我我要翻江 ── 倒海 ── 單人匹馬殺入百萬軍中；我有三頭六臂；七手八腳；凡人不足為敵 ──（大嚷）我向天將天兵下戰書！
參軍	（外場）喂 ──。嗽 ── 細聲啲啦，我哋要練歌呀！
薛蘅蘆	（大笑）就此告辭。（轉向台後）

古與百偕眾禁軍扶大醉的令狐上。

古冶子	薛蘅蘆兄！
薛蘅蘆	何事？
古冶子	快快接收 ── 足下之亡羊！

薛蘅蘆	令狐逸 —— 與我何干？
古冶子	他求助於你。
百里韶	不敢歸家。
薛蘅蘆	何解呢？
令狐逸	(出示搓成一團的紙張，帶醉)此信 —— 百人圍攻一人 —— 正是區區 —— 眾矢之的 —— 都只為一首小曲 —— 好曲 —— 一百人，埋伏等候，君明白否？延興門 —— 歸家必經之路 —— 有難 —— 可否在府上借宿一宵？
薛蘅蘆	區區一百人 —— 如此而已？你應該歸家！
令狐逸	(驚愕)何解？
薛蘅蘆	(指門子手中的燈籠，聲如巨雷)搶燈！(令狐一手搶過)進軍！包在我身上，今夜由在下護送足下歸家。(向眾禁軍)爾等眾人隨後跟來作我觀眾！
古冶子	以一敵百 ——
薛蘅蘆	正是今夜消閒玩意！

台上伶工樂工魚貫下台聚集。

李百喻	惟是何故要救此 ——
薛蘅蘆	李百喻又嚕囌略！
李百喻	—— 此一酒徒？
薛蘅蘆	(按李肩)事關此一酒徒 —— 醉貓，渾人 —— 也曾為情而幹一傻事：某年某日，此人在長安街頭，遇見他心上伊人，見小姐對地上清水一盤整粧，於是此人雖則平日怕風忌水、滴雨不淋 —— 當時竟然捧起銅盤，飲盡清水！
胡姬	果然有心人也！
薛蘅蘆	誰曰不然？

胡姬	(向眾人)然而何以對付一名詩客，要佈下百人大陣呢？
薛蘅蘆	上路。(向眾禁軍)各位大爺，請記取：事關此一酒徒 —— 醉貓，渾人 —— 有在下為友，不可援手 —— 由在下一人應戰。
伶工甲	嚟啦！去睇嘢呀 ——
薛蘅蘆	來！
伶工乙	你哋都嚟啦。
薛蘅蘆	就喚一眾梨園子弟、內外教坊全體同來觀戰，擂鼓助威，以壯聲勢！
眾伶工	好！—— 着披風 —— 起程！
參軍	領路！——
薛蘅蘆	樂師 —— 奏樂起行 ——

眾提燈排隊操起。

薛蘅蘆	好！—— 眾同袍 —— 眾友好 —— 相隔二十步……在下，獨行，鼓后羿射日之勇！記住 —— 不准任何人相助 —— 排好隊？一、二、三！門子，開門！(門子如命) 諸君請看 —— 長安今夜月 獨照薛蘅蘆 一劍行東市 屠豬救令狐
眾	去延興門！
薛蘅蘆	(站門口)去延興門！(轉向胡姬)你剛才曾問：何以對付一名詩客，須用百刃？(拔劍)只因對頭明知此一詩客，乃是吾友！ (出門下，眾列隊隨：令狐搖晃在前，禁軍、伶工、樂師魚貫下)

第二幕——餅店

長安東市勝業坊何其樂煎餅店內景。台後店門外是街，時為黎明：元月十五元宵。店內伙計正在爐前烘餅趕早市。何據桌在作詩。

《其樂餅歌》歌詞

何其樂　　入到我餅家，梗要聽我話。
　　　　　　隨時候教，落力勤學。
　　　　　　人客還未到，先要將餅造。
　　　　　　中間的餡揸實，外便要薄。
　　　　　　熟客嘆早餐，粥要煲到爛。
　　　　　　油條若隔夜，食唔落。
　　　　　　焗到脆扑扑，甘香一鑊。
　　　　　　巧手不愧係何其樂。
　　　　　　搓粉出力，師傅教落，
　　　　　　搵鎚去揼同用鑿去鑿。
　　　　　　一味堅韌，任鋤任扑，
　　　　　　偷懶實鑿唔落。
　　　　　　望吓你啲包，蒸到撓咁交。
　　　　　　唔同大細，立亂零落。
　　　　　　學似我寫詩，精心玩字，
　　　　　　整餅也係用才學。

台詞

伙計甲　（捧上餅盤）蔥油餅！

伙計乙　（同上）胡麻餅！

伙計丙　鹹煎餅！

何其樂　黑炭爐頭白日升。暫時丟低啲詩興啦何其樂！放下狼毫——睇睇個火爐！（立起，檢閱）你呢盤仲有個空穴來風，填滿佢。

伙計甲　乜話？

何其樂　黑炭爐頭白日升。爭一個至夠一首五絕呀。

伙計甲　吓？……

何其樂　（對火爐）詩仙暫且掩眼，休望人間煙火！（向伙計乙）你啲餅兩邊唔勻旬，應該係噉嘅——一邊對頭，一邊對尾，中間隔開。（向伙計丙）你嗰

個未夠火喉，舍南舍北皆出水嘅。(向灶頭烘着餅的伙計甲)你呀 —— 喺呢爐野火燒不盡上高，將啲黑麻餅同白油酥梅花間竹咁擺呀細路 —— 好似吟詩啲平仄平仄咁。記住，煎餅定係吟詩都好，都要用心機精鍊嘅。

伙計乙　(遞上蓋着布的盤子)
老闆，呢個餅我一路諗住你一路整嘅，包你鍾意！

何其樂　(揭布)吓！係個琵琶 ——

伙計乙　用粉搓(音猜)嘅 ——

何其樂　啲弦線呢 ——

伙計乙　係白糖絲！

何其樂　(賞錢)拎去飲酒。

何其樂　(何妻上)嗱！—— 我老妻 —— 去做工夫啦，收埋啲錢呀！(示琵琶與妻)幾咁風雅 —— 可？

何妻　　霎戀就真！(放疊紙在櫃面)

何其樂　愛嚟包餅個可？勞煩晒……(檢視)吓？係我啲詩稿！我班詩人食客啲精心傑作 —— 五馬分屍 —— 斯文掃地愛嚟包餅！哈，你直程係煮「雞」焚琴！

何妻　　你嗰班壞鬼書生食咗我舖頭成半存貨，就係留低啲爛鬼詩找數，攞嚟包吓嘢都係執返啲渣咋！

何其樂　你隻燕雀安知鴻鵠有大志哉！

何妻　　我淨係憎你啲鴻鵠咁大食啫！想當年呀 —— 你班酒肉朋友未嚟之前 —— 你邊有叫我做燕雀吖 —— 亦冇講乜嘢焚「雞」煮琴！

何其樂	咁樣糟撻我啲詩句！
何妻	唔係又有乜用嗡？
何其樂	老婆呀，嗷如果係「賦」你又點用吖！
何妻	「褲」就愛嚟着囉，仲使問？

二童上。

何其樂	細路，有乜幫襯？
一童	三個煎餅。
何其樂	(遞餅)嗱，新鮮出爐㗎。
一童	唔該包住佢吖。
何其樂	搵呢啲包！……哦，好。(一面包餅一面讀)一群征雁沖天過，唔捨得！(取另一紙)半隻燒鵝着地行 —— 都唔捨得。
何妻	喂，人哋等住㗎！
何其樂	得喇得喇！—— 神童柳宗元嘅詩……唉 —— 真係難捨難分略……
何妻	揀定離手啦！哼！一日掛住啲唔等使嘢！(她一轉身，何叫回二童)
何其樂	喺！細路 —— 俾返張紙我。嗱，一張紙換多三個煎餅！(交換，二童下，他珍惜地平鋪開紙張)柳宗元 —— 個名揸咗撻油喺！—— 神童 ——(薛匆匆上)
薛蘅蘆	到卯時未呀？
何其樂	仲有半個時辰。
薛蘅蘆	半個時辰……
何其樂	恭喜你嗬！
薛蘅蘆	喜從何來？

何其樂　　你打贏吖嗎？我睇倒晒——

薛蘅蘆　　哪一仗呀？

何其樂　　喺戲棚吖嗎。

薛蘅蘆　　哦——比劍！

何其樂　　比劍夾吟詩！

何妻　　　佢成晚都講住。

薛蘅蘆　　雕蟲小技！

何其樂　　(取火鉗作擊劍狀)亂既終時爾亦終！亂既終時——好詩！好
　　　　　句！亂既終——

薛蘅蘆　　何其樂卯時尚差幾許？

何其樂　　(凝住)一炷香——(收勢)爾亦終！仲係七律㗎！

何妻　　　(向薛)你隻手——做乜事呀？

薛蘅蘆　　手？——小事。

何其樂　　有乜新險象呀——

薛蘅蘆　　並無險象。

何妻　　　我睇佢實係講緊大話啫？

薛蘅蘆　　何出此言？是否嗤之以鼻？若是有如吾鼻則是莫大謊言矣！(向
　　　　　何，較嚴肅)我在此約會某人，屆時尚請迴避。

何其樂　　點得呀？我班詩客馬上就到咯。

何妻　　　嚟開早餐吖嗎？

薛蘅蘆　　既然如此，待我打手勢之時，請帶眾人避開。卯時尚差——？

何其樂　　都話一炷香咯。

薛蘅蘆　　可有紙筆？

| 何其樂 | 文房侍候！(遞文房) |

禁軍甲上。

禁軍甲	(向何妻)娘子有禮！
薛蘅蘆	(向何)此人是誰？
何其樂	我老妻嘅老友，佢話自己身經百戰個喎。
薛蘅蘆	哦——原來如此。(執筆，揮手叫何退下)只好修書——封好——交與伊人——然後引退……(擲筆)懦夫！惟是——上天見憐，我豈有膽量對她進一言……(向何)卯時尚差幾許？
何其樂	大半炷香咋。
薛蘅蘆	(拍胸)——心內有千言！下筆無一語……(執筆)罷、罷、就讓我寫下此心聲，在我心中，也曾千番作好、撕毀、又重寫……如今只須記取，寫下。

薛修書，眾詩人上，襤褸衣衫。

何妻	(向何)班乞兒殺到喇？
詩人甲	好朋友！
詩人乙	好兄弟！
詩人丙	(嗅着)今之孟嘗，滿戶芬芳！
詩人甲	酒中詩仙！
詩人乙	贈餅鮑叔！
何其樂	各位高才，擔當不起！
詩人甲	我等在延興門為眾人所阻，因此遲到。
詩人乙	滿街死屍，斑斕濺血，面目猙獰，絕非善類——總共八具！

薛蘅蘆	(抬頭)八個?我以為只得七人——
何其樂	你可知係誰人出手?
薛蘅蘆	我?……毫不知情。
何妻	(向禁軍甲)你知唔知?
禁軍甲	嗯——或者啦!
詩人甲	據坊眾所云,乃係一夫當關,殺退百人之眾。
詩人乙	滿地撒滿斷刀利劍,木棍長槍——!
薛蘅蘆	(寫着)「君之美目……」
詩人丙	一直撒到宣平坊,又袍又帽——!
詩人甲	嘩,此人定是混世魔王!
薛蘅蘆	「子之櫻唇……」
詩人乙	何其樂你有何近作呢?
薛蘅蘆	「一見芳容,大懼昏沉……」
詩人乙	何其樂你有何近作呢?
薛蘅蘆	「傾心仰慕者謹識……」就此不署名氏,待我親手遞柬。
何其樂	一首造餅詩?
詩人丙	願聞其詳!
詩人乙	此餅向我昂頭倨傲。(咬一口)
詩人甲	一行飽子見此詩人落魄,咧嘴而笑!
詩人乙	讀詩——
詩人丙	惟此燒餅——肥肥白白!
詩人乙	(吃着琵琶餅)今番琵琶不再別抱。
何其樂	(咳一聲,整冠,肅立)造餅詩一首——

詩人乙	（向詩人甲）今日早餐乎？
詩人甲	三餐食足矣！
何其樂	（朗誦）「胡麻餅詩」 鵝蛋金黃雞蛋紅 搓開粉餌莫嫌濃 再加牛乳搓勻了 密蓋洪爐莫露縫 一開爐蓋冷甜香 難禁雷聲滾餓腸 試問帝京誰得似 老何小店散芬芳 甜包煎餅兩相歡 遍灑胡麻黑白粧 入口香酥人盡讚 何家其樂餅中王
眾詩人	好！果然入口香酥人盡讚！
詩人丙	（哽）幾乎哽死我也！
薛蘅蘆	（向何）你不見各人飽食自肥？——
何其樂	我知，我唔望——怕佢哋難為情——你知嗎，我鍾意有人捧場，無論係聽我吟詩——定係——鍾意食我啲餅。
薛蘅蘆	（指其背）——（何退後台）一個好人！（向何妻）嫂子！——（她離禁軍甲趨薛）你是否與此人——有私情？
何妻	（大怒）邊個敢惡言污我名節——我只須正眼一望——
薛蘅蘆	（嚴正對望，她垂頭）你眼神似乎不大正。
何妻	我！
薛蘅蘆	聽住——何其樂是吾好友，你聽清楚——我不許任何人……損其聲譽！

何妻	你以為——
薛蘅蕪	我以為我撞破你倆好事。（向禁軍甲點頭為禮，他聽到而不敢回答、回禮。何妻趨之）
何妻	你……你就嗌「骨」（音good）聲吞咗佢？——你應該指住佢個鼻！
禁軍甲	佢個鼻？——佢個鼻！……

禁軍甲與何妻急急下，賀及乳娘現身店外。

薛蘅蕪	（向何示意）喂！——
何其樂	（向眾詩人）入內堂吖——
薛蘅蕪	（不耐煩）去！……去！……
何其樂	裡頭舒服啲……（率眾入內下）
詩人甲	此等餅食！
詩人乙	棄之可惜！（取餅同下）
薛蘅蕪	若可見一線希望，定當——（大開中門，作揖）請進！（賀領乳娘上，薛拉住乳娘）老媽媽——借一步說話——
乳娘	借夠兩步又點話吖。
薛蘅蕪	你胃口如何？
乳娘	甚好！
薛蘅蕪	妙極，待我取此兩首七律，李十九所作——
乳娘	吓？
薛蘅蕪	包起煎餅送與你。
乳娘	哦！
薛蘅蕪	可喜歡甜包子？

乳娘	棗泥餡就愛。
薛蘅蘆	三個……六個 — 裹在楊廿七詩中。這首袁廿三絕詩看來深遠，大可包容 — 酥卷。 — 你可好（去聲）欣賞風景？
乳娘	最愛啦。
薛蘅蘆	就請出街外邊行邊慢用。萬勿回轉 —
乳娘	吓，不過 —
薛蘅蘆	太早。（乳娘下，步向賀）今日何日，難得表妹記得世上尚有此人，特來相告……何事呢？
賀若珊	首先多謝表兄，事關……那人……你昨晚劍下嚴懲之獠 — 其靠山乃係 —
薛蘅蘆	桂玉書？ —
賀若珊	— 此人對我有意想迫我與其爪牙范餘威 — 成婚 —
薛蘅蘆	我明白 — 如此正好！我非為此鼻而戰，而是為表妹之美目。
賀若珊	其次是為相告 — 不過，在我相告之前 — 未知你是否 — 仍如長兄一般待我 — 正如我倆兒時，在舊時庭院，池邊嬉戲 —

《龍吟鳳舞》歌詞		台詞	
薛蘅蘆	日夕懷念， 童年共你嬉戲， 表兄與表妹一起。 長日兩相對， 現時尚記依稀， 跨竹馬春郊奔驟。	薛蘅蘆	我全部記得 — 每年夏天你到西涼 作客！……
		賀若珊	當日你折枝作劍 —
賀若珊	舊日池畔， 垂楊綠柳深處， 扇扇似彩蝶雙飛。	薛蘅蘆	你採黃花作毯 —
		賀若珊	又摘青梅 —
		薛蘅蘆	只欠竹馬 —

薛蘅蘆	林內舞雙劍， 實情共折花枝，當做龍泉， 共比劍花陰裡。 一邊練劍， 用新詩去賦詠人間事。 詩中字句， 懷着壯志送那劍氣高飛。
賀若珊	珍惜少艾時， 同學劍還學賦詩， 一一記取，昔日快意， 兩家相知雙飛。
合唱	現在重遇，童年事記心裡， 追憶往昔共唏噓， 惟願再一次， 共同練劍歌詩， 再用龍吟鳳歌襯詩句。

賀若珊　當日我但有所求，
　　　你必應允──

薛蘅蘆　若珊，當日挽丫角髻，
　　　人人叫你好小珊珊。

賀若珊　我當時可算美貌嗎？

薛蘅蘆　嗯──過得去！

賀若珊　有時你弄傷小手，總是奔來找我──而我則權充你母親，以大人聲調問你：（執薛手）你又頑皮嘩？拿手來──（一看，大驚）噢！──你年紀不小，仍是一般胡鬧！何以受傷？

薛蘅蘆　在延興門與大頑童嬉戲。

賀若珊　（坐桌前，用水濕巾）過來。

薛蘅蘆　──好一位小慈母！

賀若珊　我替你洗傷處之時，乖乖稟上：你與幾多個大頑童嬉戲？

薛蘅蘆　哦，一百個左右。

賀若珊　快快稟上詳情。

薛蘅蘆　請你放手，放膽──相告你來意！

賀若珊	(仍執其手)自當放膽相告,當日對你無所不談,恍似隔世之久。不若——我鼓起勇氣……聽住:我……愛上某人。
薛蘅蘆	呀!……
賀若珊	斯人也,並不知曉。
薛蘅蘆	呀!……
賀若珊	起碼——尚未知。
薛蘅蘆	呀!……
賀若珊	然而終有日得知。
薛蘅蘆	呀!……
賀若珊	一個大頑童,對我雖然有意,卻又害怕,故意迴避我,從未酬我一語。
薛蘅蘆	呀!……
賀若珊	拿手來——何以手心熱得如此!——我知,我眼見他躍躍欲試……
薛蘅蘆	呀!……
賀若珊	好嘞!是否較為消痛?——(以巾裹好薛手)而且——試想——此乃機密,此人亦是一名禁軍將校,與你屬同一營——。
薛蘅蘆	呀!……
賀若珊	同屬羽林左營。
薛蘅蘆	呀!……
賀若珊	斯人也!——軒昂——高傲——年少——英勇——俊俏——。
薛蘅蘆	(變色,立起)俊俏!——
賀若珊	有何不妥?
薛蘅蘆	(強笑)非也——只是——手痛!

賀若珊	唉，總是前生作孽，而我只在戲棚內得以相遇。
薛蘅蘆	你從未與他交談？——
賀若珊	但用目光寄意……
薛蘅蘆	然則——你何以知他底細？——
賀若珊	戲棚中人互相品評：我從旁細聽……得知。
薛蘅蘆	你知道他身在禁軍：姓甚名誰？
賀若珊	瑯琊紀時春。
薛蘅蘆	我營中並無此人。
賀若珊	有，今早方才入營，隸屬賈毓彬都尉所部。
薛蘅蘆	太早！……此心死得太早！——然而，好表妹！——
乳娘	(開門)表少爺，我食完餅喇！
薛蘅蘆	好！再去讀詩句啦！(乳娘下)——好表妹！你雅好詩文，慕才敬儒——此人，你可曾想過，可能粗鄙不文，或者目不識丁。
賀若珊	他分明是似個白面書生。
薛蘅蘆	只怕是一名白丁。
賀若珊	絕無此事，我從其眼中窺見其心。
薛蘅蘆	不錯，眼神中心事盡顯！然而——他若是有貌無才呢？
賀若珊	則吾將死矣——。心死！(稍停)
薛蘅蘆	你約我前來就為了告以此事？表妹，我仍然不解，何以向我吐露心聲。
賀若珊	聽聞他與你同部——令我心驚——你輩全屬西涼人……
薛蘅蘆	而專與外鄉人作對。非我同鄉，定遭排斥？是否聽見如此傳聞？
賀若珊	我為他擔心！

薛蘅蘆	（咬牙）並非無因！——
賀若珊	而我知你……你昨日如斯勇猛力抗強徒！——假如你，既得眾人敬畏——
薛蘅蘆	好——我定當照護你位小郎君。
賀若珊	你肯？只為順我所求？只因我倆一向是——好友！
薛蘅蘆	當然……
賀若珊	你可肯與他為友？
薛蘅蘆	定當如命。
賀若珊	阻止他與人鬥劍？
薛蘅蘆	當然……
賀若珊	哦，你果然是我好表兄！我要走喇——你尚未向我細說昨夜英雄事跡——我深信你果是大英雄！你叫他修書與我詳述始末——好嗎？
薛蘅蘆	好……
賀若珊	（握其手）不枉我一場愛你！——以一當百——好啦……告辭。我倆友情永固，然否？
薛蘅蘆	當然……
賀若珊	定要叫他修書與我——一百人——他日待我有暇，你要從頭細說與我。一百人——果然一身是膽——（賀下）
薛蘅蘆	（揮手）今朝更比昨夜堅強……！

稍頓，薛低頭無語。何伸頭入。

何其樂	我哋入得嚟嗎？
薛蘅蘆	（不動）可以……

何率眾友上，賈毓彬衣禁軍都尉官服自街門上。

賈毓彬　　果然在此！——本部冠軍英雄！

薛蘅蘆　　(旋頭，行禮)參見大人！

賈毓彬　　我等盡知此事！全營鄉親在外——

薛蘅蘆　　(退縮)免喇——

賈毓彬　　嚓啦！大家等住你。

薛蘅蘆　　免喇！

賈毓彬　　(拉他)就在對街——嚓啦！

薛蘅蘆　　請大人——

賈毓彬　　(往門口向外大叫)大英雄不見客呀！今日貴體違和呀！

外場一聲音 嘿！(外省音)殺進去！

步聲，刀劍聲。

賈毓彬　　各位鄉親殺到！

眾將校尉上。

眾　　　　(外省音)你老子！——好小子！……

何其樂　　各位大爺——全部來自西涼？

眾　　　　不錯！

校尉一　　(向薛)精彩！

薛蘅蘆　　校尉！

校尉二　　(推其雙手)妙絕！

薛蘅蘆	校尉！
校尉三	我倆親近親近！
薛蘅蘆	校尉！
眾	親近親近！——
薛蘅蘆	校尉……校尉……免喇——
何其樂	你哋個個都係校尉？
眾	係？
何其樂	係定唔係？……
校尉一	我輩劍光好比夜空繁星點點！
李百喻	(匆匆上，趨薛)全城都找你！高興若狂——大勝！目擊戰情者——
薛蘅蘆	我希望你並未吐露我——
李百喻	(撫掌)當然吐露！

外場喧聲，一百姓伸頭入。

百姓	聽吓！閂門吧啦！長安全城百姓在外！
李百喻	(低聲微笑向薛)賀若珊一事又如何？
薛蘅蘆	唓！
外場人聲	薛蘅蘆大爺！

群眾湧入店門，一片混亂。

何其樂	(站桌上)攻入我間舖——實打爛晒啲嘢——真係威！
數人	(圍薛)老朋友！……老朋友！……
薛蘅蘆	嘿！昨日我何曾有眾多老友！

李百喻　　　一夜成名！

甲公　　　（張臂向薛）親近親近——

薛蘅蘆　　（冷淡）嘿！幾時與你親近過？

乙公　　　等等——借光！我外面車中有兩名女員外，待我引見——

薛蘅蘆　　好！不過首先，引見閣下自己——在下未曾識荊！

李百喻　　（驚奇）所因何事？

薛蘅蘆　　哧！

一文人　　（手持紙筆）可否詳述始末？

薛蘅蘆　　不可。

李百喻　　（扯薛袖）李朝威！——專寫傳奇——本可洛陽紙貴聲名遠播！……

薛蘅蘆　　不屑！

一詩人　　大爺——

薛蘅蘆　　如何？

一詩人　　高姓大名？待我為足下賦七古一首——

另一人　　大爺——

薛蘅蘆　　夠嘞！

一陣騷亂，古、百等人伴桂上。

古冶子　　（趨薛）桂玉書大人！——（眾竊竊私語退開）帶來魚公公口訊——

桂玉書　　（向薛為禮）公公差本官代致祝賀，他老人家聽聞你昨夜戰跡——

眾　　　　好！

薛蘅蘆　　（還禮）公公乃識貨之人。

桂玉書	公公適才說過，所聞之事匪夷所思，若非有人證——
古冶子	我等親眼目睹！
李百喻	（向薛）到底何事？
薛蕫蘆	唻！——
李百喻	你有何不妥，是否心中悲痛？
薛蕫蘆	（自制）悲痛？在眾人面前？（挺胸）我？悲痛？君且看！
桂玉書	（聽罷古耳語）早已聽聞是你之軍中將校，又是一名西涼蠻子，是否屬實？
薛蕫蘆	羽林軍左營一名校尉。
校尉一	（聲如巨雷）與我等同袍！
桂玉書	呀！原來如此——此處眾多傲岸之士，正是大名鼎鼎之——
賈毓彬	薛蕫蘆！
薛蕫蘆	大人？
賈毓彬	本部將校既然全在此間，就由你向桂大人引見如何！
薛蕫蘆	（伸手引見） 賈毓彬麾下 西涼眾健兒 昂昂懷傲氣 赳赳衛京師 鷹目瞋群醜 狼牙齕百夷 征袍多補綴 忠義未嘗隳 上陣俱饒勇 縱橫仗劍馳 鯨吞胡虜肉

牛飲吐蕃脂
醉弄偷香曲
閒吟竊玉詩
關西飛虎將
瀟灑傲同儕

桂玉書　　（冷然坐着）時下果然出口成詩蔚為風尚，閣下可有意思跟隨本官？

薛蘅蘆　　不敢，大人，在下無意跟隨。

桂玉書　　你昨夜吟詩鬥劍，甚得本官內叔魚公公歡心。本官或可引薦。

李百喻　　嘩唉！

桂玉書　　想你也曾將詩作結集成書──詩人慣例。

李百喻　　（低聲向薛）若得貴人品題，聲價十倍！

桂玉書　　何不呈獻魚公公？

薛蘅蘆　　（心動）當真──

桂玉書　　公公本身雅好吟詠，由他修改一二，題序刊行，豈非美事。

薛蘅蘆　　（面色一沉）萬萬不可，拙詩難容改易半字。

桂玉書　　哦，公公興到，獎賞不菲。

薛蘅蘆　　誠然──惟是仍不如我──我若寫成佳句，吟誦成金石鏗鏘之聲──則在下已然百倍獎勵自己。

桂玉書　　老兄果然高傲吓。

薛蘅蘆　　大人高見。

一校尉提劍上，劍上穿滿一串頭巾。

桂玉書　　薛兄！請看──延興門滿街盡是群醜遺留巾幘，正如鬥敗公雞遺下羽毛！

賈毓彬	戰利品——收穫甚豐！
眾	哈哈哈！
古冶子	主使買兇之人，今日定然大怒！
百里韶	究是誰人？你可知曉？
桂玉書	正是本官！——(笑聲倏然而止)我輩不屑沾污雙手之事，當然僱人代勞——懲戒一名酒鬼詩客……

尷尬的靜然。

校尉	(向薛)如何處置呢？張掛太久定會脫色。——
薛蘅蘆	(取過劍，褌下巾幗於桂腳下)大人是否應當擷去發還貴友呢？
桂玉書	備轎——人來——馬上就走！(大怒向薛)至於你嘛，老兄！——
外場聲	桂大人起行！——
桂玉書	(恢復自制，冷笑)可曾讀過螳臂擋車呀？
薛蘅蘆	讀過——在下以螳螂自比。
轎夫	(現身門口)大人請！轎子備妥。
桂玉書	好好重讀一遍。
薛蘅蘆	自當從命。
桂玉書	記住，若與車輪對抗——
薛蘅蘆	然則在下之敵，正如車輪有起有落？
桂玉書	——大有可能在輪下壓成肉醬。
薛蘅蘆	或者隨車輪高升——平步青雲！

桂率眾出門上轎下，眾校尉竊竊私語。

薛蘅蘆	（向一些不敢向他們施禮而魚貫出門的群眾）慢行……慢行……
李百喻	（握拳）你呀 —— 大好良機輕輕放過！
薛蘅蘆	你亦死性不改，終日抱怨！ ——
李百喻	你方才態度 —— 自暴自棄 —— 自毀前程 —— 太過份喇 ——
薛蘅蘆	好。就算我過份！
李百喻	肯定過份！
薛蘅蘆	當然，當仁不讓，世間有等大是大非，大丈夫好應義無反顧。
李百喻	休再空談仁義！錦繡前程 ——
薛蘅蘆	你要我如何？托庇於豪門，一如絲蘿之附喬木，攀緣而上，直至不能挺立於天地之間？敬謝不敏矣！要我隨俗，將詩集賣與市儈？作詼諧優孟、博冷面一笑？多謝嘞！為五斗米而折腰？雙膝變軟，脊骨變彎 —— 俯伏污泥之中搖尾乞憐？多謝嘞！為金帛而獻媚權貴？左手為上官大人搔癢，令右手蒙羞恥與為伍？多謝嘞！以上天賜我真火，在泥人木偶鼻下奉上香煙？多謝嘞！要我在千金小姐跟前搖頭擺尾？ —— 抑或 —— 看風駛艃 —— 以山水詩搖櫓，用老太君鼻息吹動風帆？多謝嘞！出賣此身以求刊行詩集？多謝嘞！附庸風雅之士三日一小宴？敬謝不敏！我應否但求傳奇名家為我作傳，力求洛陽紙貴一登龍門聲價十倍？多謝嘞！籌謀、算計、終日營營役役，拜訪高門多於賦詠，謀求引薦、依附、高攀權貴？ —— 多謝嘞！敬謝不敏，再三謝絕！ —— 反之……

長歌、大笑、造夢，我行我素，獨來獨往，狂放自如，放眼看世情，放聲道出胸襟 —— 縱橫天下 —— 孰是孰非一語道破，拔劍相鬥 —— 或者賦詩。白日抑或星光之下，任意而行。視功名如敝屣 —— 更無一句違心之語；謙抑自語：惟我良心，盼爾知足於有花、有果、甚或但有衰草；總之但在心田之內求之。故此，我若僥倖贏得令譽，無須與權貴平分春色 —— 一言以蔽之，在下骨

頭太硬，難為鷹犬，若是我生成傲骨，有意頂天立地聳峙入雲，有如松柏蔭蔽眾人——則我之立也，雖或不高——定當超然獨立！

李百喻　好，獨立！——然而何必與天下作對？你是否中邪，到處樹敵？

薛薔蘆　眼見眾人到處交朋結友——有如走狗之濫交！我目睹此等犬豕行藏而感觸：「吾友輩皆非我族類；天幸遇上——另一仇敵。」

李百喻　然此非狂乎？

薛薔蘆　實為明智。我樂於犯人之怒，最喜結仇。試想面對千人怒目，四方仇敵怒恨交織——而你——好人一個生性平和——有如方外人，闊袍大袖舒展——垂頸縮肩。而我——頸際狐裘正如一環強敵；剛硬高傲，有如棘刺——就此我挺立兩間，傲然披上俗世之恨，胡服粗領，既是枷鎖——亦是無瑕玉帶！

李百喻　好……(稍頓，執薛臂)對世人儘管作此高論——然而對我，何妨低聲道出……伊人對你無心，你因而情狂憤世也！

薛薔蘆　唥！

紀上，眾校尉不加理睬，紀獨坐，何妻侍候他。

一校尉　(舉杯立起向薛)薛兄……請詳述昨夜英雄事跡！

薛薔蘆　請稍候……(挽李臂加入眾人交談)

校尉　英雄氣慨！教教此一(傍在紀前)——初生之犢。

紀時春　(抬頭)初生之犢？

校尉　正是足下！——關中小犬！

紀時春　吓？

校尉　聽清楚呀小子。教曉你，我輩之間，有某個話題——某個東西——不准提起：絕對禁止。

紀時春	是甚麼？
另一校尉	（恐嚇他）望清楚！……（以指自撮其鼻三次）明白否？
紀時春	哦，不准提及個 ——
校尉	嘛！……我等從不道出該字 ——（指薛）若敢迸出半句即是與他作對！
另一校尉	（用鼻音）用語音暗示者亦不知有多少喪於其劍下……
校尉	你若想早登仙界，只須提及任何高聳……或者隆起之物……
另一校尉	（拍紀肩）只須一字 —— 一音 —— 一下手勢 —— 至若打個乞嚏 —— 馬上屍橫就地！

眾圍圈端詳紀，他走向佯作不見的賈。

紀時春	賈大人！
賈毓彬	何事？
紀時春	若遇到西涼人驕橫太甚，該當如何處之？
賈毓彬	以行實證明雖非西涼人亦一般有膽。（轉身背向他）
紀時春	多承指教。
校尉	（向薛）就請細說。
眾	昨夜戰情！
薛蘅蘆	哦，昨夜戰情？好……（各人圍聽，紀一足立椅上）我踏上長街，單刀赴會。頭上一輪明月，有如玉鏡懸空，忽然似有天仙以雲翳作塵拂，遮蔽銀盤 —— 驟然全黑。街上並無燈火 —— 一片漆黑！簡直伸手不見 ——
紀時春	爾鼻。

靜默，各人慢慢立起，帶懼看薛，薛驚愕立定，稍頓。

薛蘅蘆	此子是誰？
一校尉	(低聲)新到校尉——今朝入營。
薛蘅蘆	(趨前一步)新丁？
賈毓彬	(低聲)瑯琊紀時春——
薛蘅蘆	(突然止住)啊……(面色大變，欲擊紀)我——(自制，屢哽咽續說)好，好，方才講到——(突然轉怒)一片漆黑！……(回復平和語調)伸手不見「五指」，我繼續前行，心想只為營救一名酒鬼，(眾慢慢坐下)終日縱酒狂歌，曲不離——？
紀時春	鼻——

眾立起，紀屹立不動。

薛蘅蘆	(咳)曲不離「口」——正為此人，我面對貴人鷹犬，該人權傾朝野，可能害我賠上一條——
紀時春	鷹鼻——
薛蘅蘆	(抹額上汗)一條「老命」，我心想，煩惱皆因強出——
紀時春	鼻——
薛蘅蘆	強出「頭」……何以強出頭？事不關己，然而——既然事到如今，義無反顧，西涼傲骨定當有始有終！——忽然暗中刀光一閃，直指吾——
紀時春	鼻——
薛蘅蘆	直指吾「面門」，攻我無——
紀時春	鼻——
薛蘅蘆	(苦笑)我身周有十人圍攻，我第一劍，削下一人之——
紀時春	鼻——

薛蘅蘆	(向紀)好小子！……(紀不動。薛自制，續道)削下一人之「臂」；餘人退開；我衝前，眾人逃 ——
紀時春	鼻 ——
薛蘅蘆	我刺傷兩人 —— 擊落一劍 —— 又一人攻來 —— 呸！我橫揮 ——
紀時春	鼻涕！
薛蘅蘆	(怒吼)可怒也！出去！—— 人人出去！

眾擁向門口。

一校尉	猛虎終歸長嘯！
薛蘅蘆	所有人出去！待我單獨會會此人！

眾魚貫下，一邊私語。

校尉	唉！定將這廝剁為肉醬 ——
何其樂	肉醬？
校尉	正如你造餡一般 ——
何其樂	我塊面白唔白呀？你就白過張紙咯 ——
賈毓彬	走啦！
校尉	此人下場不堪想像……

薛與紀對立互視一會。

薛蘅蘆	(抱拳為禮)佩服！
紀時春	吓？……
薛蘅蘆	果然一身是膽！

紀時春	哦，過獎！……
薛蘅蘆	你有勇 —— 我放心。
紀時春	此話怎解？……
薛蘅蘆	你可知我是他兄長？過來敘話！
紀時春	他？——
薛蘅蘆	我若珊妹子！
紀時春	是她兄長？你？(趨前行禮)
薛蘅蘆	是她表兄，一樣啦。
紀時春	而她向你相告？……
薛蘅蘆	一切。
紀時春	她鍾情於我？
薛蘅蘆	大有可能。
紀時春	(執薛雙手)好兄台，我不知從何說起，受寵若驚 ——
薛蘅蘆	不料驟然相遇。
紀時春	尚祈恕罪 ——
薛蘅蘆	(端詳他)嘿，果然俊俏，好小子！
紀時春	皇天在上 —— 你若知我如何傾慕 ——
薛蘅蘆	知、知 —— 而足下方才連串「鼻」字 ——
紀時春	求你莫怪！在下謝罪。
薛蘅蘆	若珊正在等你修書 ——
紀時春	要我寫信？——
薛蘅蘆	有何不可？

紀時春	我一寫，就一切無望矣！
薛蘅蘆	何解呢？
紀時春	事關我一介老粗！蠢笨如豬！
薛蘅蘆	非也，你並非愚蠢，方才針鋒相對，足證急智。
紀時春	唏！人人都曉口舌挑釁，不錯我署具市井闊口之才。我知，然而對住仕女 —— 就呆若木雞，張口結舌，啞口無言，只識目定口呆望住，然而有時，我離去之後，伊人眼神……
薛蘅蘆	何不多留一會？可能更得伊人之心。
紀時春	中何用？我實屬 —— 我自知 —— 無膽闖情關之人。
薛蘅蘆	奇怪……我呢，倘若肯費心思，倒能善說情話。
紀時春	唉，我若能口吐字句，說出心中所感！
薛蘅蘆	而我若有翩翩風度，眉目傳情！ ——
紀時春	而且 —— 你知若珊為人 —— 如此溫文爾雅 —— 半句粗言，一切美夢 —— 頓成泡影！
薛蘅蘆	我但願你能作我代言人。
紀時春	我但願有你文才 ——
薛蘅蘆	何不向我暫借呢！ —— 以足下之青春俊美 —— 與我交換，我兩人大可合成一個談情聖手！
紀時春	吓？
薛蘅蘆	你可有膽，日復一日，向伊人道出代你捉刀之情話？
紀時春	此話怎解？
薛蘅蘆	愚意乃不令若珊失望！嘩！不如兩人合力贏得芳心如何？從此貌寢軀殼之中，取出我心內情話綿綿，注入你之內。於是乎 —— （撫紀心）我心在你昂藏七尺之軀內，借屍還魂！

紀時春　　不過——薛兄！——

薛薔蘆　　不過——紀時春，有何不可？

紀時春　　我怕——

薛薔蘆　　我知——你怕獨對佳人，前功盡廢，不須害怕，她所愛者是你——向她獻上你自己——我之句語，出自你口！

紀時春　　惟是……惟是你眼中！……似有熊熊烈火——

薛薔蘆　　你肯嗎？……你肯嗎？

紀時春　　你如斯着緊？

薛薔蘆　　我切願——（自制）表露我文采！何不合作呢？我作你捉刀人，助你盜取芳心！

紀時春　　然而要寫信——我寫不來——

薛薔蘆　　呀，寫信。（掏出袋中信）嗱。

紀時春　　此為何物？

薛薔蘆　　全篇寫好，只差署名。

紀時春　　我——

薛薔蘆　　哦，隨便取去，定當合用。

紀時春　　不過你何以會寫就情書？

薛薔蘆　　我輩騷人墨客，多好如此自娛——修下情書，致天上仙女，世上美人——不論是誰——你要的話，我有成籮相送！只管取去，將我之空言，化成事實——我將此等愛意四散風中，有如放出信鴿，就煩你為他找個歸宿處。嗱，拿去——你將見我既是虛假情懷，文句更加無拘無束！嗱！

紀時春　　是否要畧作修改呢——你隨意寫就之書，未必適合若珊過目呢？

薛蘅蘆	合，合得天衣無縫。
紀時春	惟是，怎可 ——
薛蘅蘆	老弟，你要信 —— 信得過世上婦人最愛自憐 —— 若珊定會當此信乃為她而寫！
紀時春	(握薛臂)好朋友！

一校尉上。

校尉	無聲無息，靜如墓塚……我幾乎不敢張望 ——(見二人，眾校尉上)
眾	吓！—— 噢！—— 稀奇！—— 奇哉怪也！
賈毓彬	混世魔王……一旦立地成佛！譏笑其鼻，竟然化敵為友。
校尉	以後大可解禁任論其鼻啦！喂，何大嫂！過來 ——(大動作作嗅狀)唔！奇臭無比！是何物之味呢？……(立群前，無禮地瞪視其鼻)你定能聞得出，是何物在此間腐臭呢？
薛蘅蘆	(擊倒他)是你口臭！(眾大笑喧鬧)

第三幕—定情

三月初三黃昏。長安一街角，賀宅的花園牆角及香閨樓台。圍牆攀滿藤蔓。幕啟時，何作家丁打扮與乳娘在賀宅門外交談。何邊說邊拭眼。

何其樂　　……於是佢就噉樣挾帶私逃跟咗個禁軍！我人財兩空——一無所有——生無可戀，就去上吊囉，咁啱薛蘅蘆大爺經過，一劍斬斷條繩救返我落嚟。叫我嚟佢表妹呢度做總管。

乳娘　　　你一無所有？——你間餅舖咪好好生意嘅？

何其樂　　唉，我老妻愛禁軍，我愛詩人——文曲星食剩嘅餅比武曲星掃埋；噉唔使幾耐就……

乳娘　　　(向樓台上嚷)小姐！你行得未呀——今晚普渡大師講俗世塵緣。

何其樂　　呀——俗世……

乳娘　　　(長嘆)——塵緣！……(大叫)若珊小姐！——快啲啦——咪錯過晒啲俗世塵緣呀！

賀若珊　　我來也！——

外場弦琴聲。

薛蘅蘆　　(場外唱音)啦、啦、啦！——

乳娘　　　邊個咁好唱口呢——

薛蘅蘆　　非也非也！——大呂呀，你個大蠢才！

薛率二僮上，二僮各攜弦琴。

甲僮	（諷刺地）大爺聽出係大呂咩——
薛蘅蘆	黃毛小子！我琴棋書畫無一不曉。
乙僮	（彈唱）啦，啦——
薛蘅蘆	拿來——（取過琴續彈及唱）啦，啦，啦，啦——
賀若珊	（現身台後）可是表兄？
薛蘅蘆	我歌酬李白，心實慕桃紅！
賀若珊	我馬上下來——請候片時——（進房下）
乳娘	呢兩位係你學生呀？
薛蘅蘆	非也——我從獨孤氏處贏得此二僮，我與獨孤氏辯論詩韻之時，此二僮抱琴侍立一旁，獨孤兄笑指二人道：「好！我與你賭一日琴音。」嘿，自然輸家是他，於是乎直至明日午時，此二人歸我所有，作我私人樂師。開頭尚算有趣，久之則有些——（向二僮）！去向孟福潤奏一曲《山坡羊》——告與他乃我的差遣！（二僮下）我如常到此，問候我與表妹那位友人——（向二僮嚷）要奏錯琴音，且奏個不停！（向乳娘）那一位有心人！

賀出門上，剛聽到末句。

賀若珊	斯人也，偉岸高才——深得我心！
薛蘅蘆	你可曾認定紀時春……有文才？
賀若珊	比你猶有過之。
薛蘅蘆	最好。
賀若珊	從未見有風華如此之人吐屬如斯文雅——言中無物而實有物，有時靜默沉吟；似乎文思未到——然之後一時之間，道出一些簡直……啊！……
薛蘅蘆	當真？

賀若珊　　你這廝！你以為男子有貌定必無才。

薛蘅蘆　　他果然善能道出⋯⋯心事？

賀若珊　　他並非道出；乃是出口成章⋯⋯綸音⋯⋯仙樂⋯⋯。

薛蘅蘆　　(撫領)他⋯⋯筆下如何？

賀若珊　　絕佳，聽住：(背誦)「子選取吾心，吾將更多有。攀條折其榮，群芳仍競秀 ──」如何？

薛蘅蘆　　呸！

賀若珊　　還有：「回贈以君心，多情難消受 ──」

薛蘅蘆　　初則嫌多，繼則嫌少；此人究竟要幾多心？

賀若珊　　(頓足)你取笑我！你妒忌！

薛蘅蘆　　(驚愕)妒忌？

賀若珊　　忌其詩才 ── 爾等詩客盡皆如此輕⋯⋯尚有結句，豈非至情之句？ ──

　　　　　「何用再多言，剖心成一哭，
　　　　　縱賦萬言書，難盡訴衷曲。
　　　　　手書送香吻，櫻唇祈細讀！」

薛蘅蘆　　嗯，好 ── 結句不差⋯⋯惟是此人用句誇張，過份其辭！

賀若珊　　再聽一段 ──

薛蘅蘆　　你全部背熟？

賀若珊　　每行每句！

薛蘅蘆　　(撚鬚)作者自當受寵若驚⋯⋯！

賀若珊　　斯人乃一名才子！

薛蘅蘆　　未必！

賀若珊　　確是才子無疑！

薛薔蘆	(施禮)悉隨尊意 —— 才子就才子!
乳娘	(從街角匆匆回)桂玉書大人呀! —— (推薛進門)入去啦 —— 佢撞唔倒你就好啲 —— 驚佢疑心 ——
賀若珊	—— 我有私情!不錯;此人對我有意,而位高權重,莫向他洩露 —— 為免含苞未放,先遇嚴霜。
薛薔蘆	好啦好啦!(進屋下)

桂上。

賀若珊	大人何以微服獨行 ——
桂玉書	特來告別。
賀若珊	大人要離京?
桂玉書	遠赴沙場。
賀若珊	呀!
桂玉書	即晚起程!
賀若珊	呀!
桂玉書	本官奉旨遠戍靈武。
賀若珊	靈武?
桂玉書	迎戰吐蕃。你可是……臨別依依?
賀若珊	(禮貌地)大人言重?
桂玉書	本官則簡直斷腸 —— 相逢何日?可能重會?你可知我受命參軍?
賀若珊	(冷淡)恭喜大人。
桂玉書	領羽林軍出征。

賀若珊	（大驚）領羽林？
桂玉書	正是：你那大言炎炎表兄之營！——（陰鷙地）在陣前定當與他算算舊帳！
賀若珊	（哽咽）此話當真：羽林左營奉命出征？
桂玉書	由本官統領！
賀若珊	（低聲）紀時春！——
桂玉書	吓？
賀若珊	（失去自制）沙場上陣——可能永無——寧不念可憐女子牽腸掛肚？——
桂玉書	（誤會而大喜）你——對我——吐露心意——此時——此際？——
賀若珊	（自制）請大人見告：我表兄——大人方才曾道要與他算帳，此話當真？
桂玉書	（笑）哦？你擔心我嘛？
賀若珊	非為表兄。
桂玉書	可有與他相見？
賀若珊	偶然啦。
桂玉書	近日此人與一名新校到處同行，似乎姓——姓紀——
賀若珊	（冷靜）身材高大？
桂玉書	年少——
賀若珊	粉面？——
桂玉書	俊美！
賀若珊	呸！——
桂玉書	傻頭傻腦。

賀若珊　看來如此……（興奮地）至於薛蕶蘆表兄？你有何打算？遣他身入險境？此人正好此道！我就有更好的計策。

桂玉書　如何？

賀若珊　留下他與西涼部眾在此，任得營中餘人出戰立功！表兄定然就痛苦萬狀 —— 束手在京，眼睜睜看他人出戰 —— 我深知表兄脾性，大人若恨此人，正宜攻其弱點，墮其自尊。

桂玉書　唯女子與小人難養也，除卻女子，有誰能出此策？

賀若珊　他必定與西涼眾友，流連京師，咬牙切齒束手無策，大人豈非盡報前仇！

桂玉書　然則你對本官，尚算畧有心意？……（她報以一笑）與本官敵愾同仇，我所恨者君亦恨之（或曰：恨屋及烏）—— 本官但願由此可見你對我有意呀若珊。

賀若珊　大有可能……

桂玉書　（取出一束軍書）軍令盡數在此 —— 每部一書 —— 由我發放……（選其一）有嘞 —— 羽林左營西涼部隊 —— 本官收起這一通軍書。呀哈，薛蕶蘆！你呢你又有何打算呀？

賀若珊　（正視之）我……

桂玉書　你你你！—— 唉，我為卿狂！—— 聽住 —— 我今夜出師 —— 然而 —— 佳人有意，豈容錯失良機？—— 聽住 —— 就近，宜平坊，中有一所玉虛觀，觀中戒律森嚴，俗家人不得擅近。待本官施計 —— 道姑袍袖足以遮掩容貌 —— 我乃魚公公內侄，誰不讓我三分，於是 —— 我改裝來此與你相會，待人人以為我早已提兵出戰 —— 呀，待我先享受一夜歡愉！——

賀若珊　若被人知悉，大人令譽 ——

桂玉書　呸！

賀若珊　軍令如山 —— 參軍之責 ——

桂玉書	(吹去幻想之鴻毛)呼！──只要你答允一聲！
賀若珊	不可！
桂玉書	低聲一句……！
賀若珊	(溫柔地)我大大不該縱容你……
桂玉書	呀！……
賀若珊	(假意含羞)呀，去啦！(低聲)──紀時春則安然留下──(作激昂狀)我要你在沙場殺敵，立下殊勳，做個大英雄，凱旋班師呀──玉書……
桂玉書	天呀！……你是真愛我──
賀若珊	為你擔驚受怕。
桂玉書	(凱旋地)我去，你滿意啦？
賀若珊	滿意──好郎君！(桂下)
乳娘	(盈盈下禮，待桂走後，模仿賀)滿意──好郎君！
賀若珊	萬萬不能讓表兄知曉──若知我害得他不能上陣出征，定不輕饒！(向府內喊)表兄！(薛上)我去聽講經喇──今夕由普渡大師講經。
乳娘	再唔行就聽少好多嘅喇。
薛蘅蘆	請便──
賀若珊	你先走……(乳娘下)若是紀郎到訪，請他稍候。
薛蘅蘆	哦，待他來到，你心目中有何話題？是否預先想定。
賀若珊	話題……
薛蘅蘆	可否見告？
賀若珊	你切莫洩露風聲。

薛蘅蘆	守口如瓶。
賀若珊	話題是，一切不談！或是無所不談 ── 我將着他：「隨口道出衷情 ── 即興！隨意！傾吐！」
薛蘅蘆	(暗笑)好！
賀若珊	唻！──
薛蘅蘆	唻！──
賀若珊	休洩一字！(賀下)
薛蘅蘆	(作揖)多承指教 ──
賀若珊	(再伸頭)不許他有備 ──
薛蘅蘆	當然！
賀若珊	唻！──(下)
薛蘅蘆	(呼叫)紀時春！(紀上)我已有腹稿 ── 你用心背熟！── 今夕是你大顯身手良機，時候無多 ── 快快收拾心神 ── 回家背熟詞句。
紀時春	我不走。
薛蘅蘆	吓？
紀時春	我在此等候若珊。
薛蘅蘆	你可是痴狂？快快歸家！
紀時春	免喇！我受夠喇 ── 我每句話，每封書，全部由你傳授 ── 令我兩人戀情變成笑話！起初猶如兒戲，惟是如今 ── 伊人對我鍾情……多得你，我再無所懼，現在我要自說自話。
薛蘅蘆	有志氣！
紀時春	一定要！有何不可？我未蠢到這般地步 ── 你且看看！況且 ── 好朋友 ── 你教我良多，我好應學識一二……皇天在上，我起

碼識得將所愛女子攬入懷中！(賀上)若珊……薛兄，等等！請留步！

薛蘅蘆　　(作揖)老友，自訴心聲啦！(下)

乳娘上。

賀若珊　　去得太遲……

乳娘　　　我早就話你㗎喇 — 錯過咗俗世塵緣！

乳娘進賀宅下。

賀若珊　　紀郎，我倆且在暮色之中稍坐一會，此處但有花氣襲人，並無俗人騷擾，請坐……(二人坐下)有何見告？

紀時春　　(靜默一會)我對你傾心。

賀若珊　　(閉目)我知，請盡訴衷曲……

紀時春　　我對你傾心。

賀若珊　　將你情意發為文辭！……

紀時春　　我對你傾 —

賀若珊　　(張目)那是題目 — 出口成文！即興賦詩啦！

紀時春　　我對你「非常」傾心！

賀若珊　　當然啦，下文呢？……

紀時春　　下文……唉，若然你亦對我傾心，我就欣喜若狂！若珊，你講啦！

賀若珊　　(做鬼臉)我索玉液瓊漿，你卻酬我以水，首先詳述一下，你如何傾心法。

紀時春　　非常傾心。

賀若珊　　　唏——道出你心中感覺啦！

紀時春　　　（趨近，眼中如噴火）你條頸……若能許我……一吻——

賀若珊　　　紀郎！

紀時春　　　我對你非常傾心！

賀若珊　　　（欲立起）又重複？

紀時春　　　（無助，止她）非也，並非重複——我並非對你傾心——

賀若珊　　　（回坐）有進步……

紀時春　　　我對你尊崇！

賀若珊　　　唉！（立起踱開）

紀時春　　　我知，我拙於辭令。

賀若珊　　　（冷然）故此令我大為失望，猶如你變成貌醜。

紀時春　　　我——

賀若珊　　　整理你心中夢想，發為心聲！

紀時春　　　我對你——

賀若珊　　　我知，「你對我傾心」，請呀。（趨宅門）

紀時春　　　且慢——求求你——許我——我想話——

賀若珊　　　（推開門）你尊崇我吖嗎，我亦知，算喇！……你走啦！……
　　　　　　（入宅閉門）

紀時春　　　我……我……

薛薔蘆　　　（現身）空前成功！

紀時春　　　救救我！

薛薔蘆　　　休煩我！

紀時春	若是她棄我如遺，我定難活命 —— 馬上教我啦！
薛薔蘆	馬上？教我如何教你？
紀時春	（捉其臂）—— 且慢！—— 樓上！—— 快看 ——（樓台亮燈）
薛薔蘆	若珊閨房 ——
紀時春	（大號）我必死無疑！——
薛薔蘆	住口！
紀時春	我呀 ——
薛薔蘆	天色已然昏暗 ——
紀時春	吓？—— 吓？—— 吓？——
薛薔蘆	試試罷盡人事啦，你自取其辱，本應坐視不救 —— 過去啦傻瓜 —— 站在樓台之下 —— 我立於陰影中，低聲教你說話。
紀時春	若珊會聽見 —— 可能 ——
薛薔蘆	住口！

二僮上。

甲僮	大爺！——
薛薔蘆	嘛！——
甲僮	（低聲）已經對孟福潤奏過嘞！—— 跟住點呀？
薛薔蘆	守在街角 —— 一個這邊 —— 一個那邊 —— 有人路過，就奏起樂曲！
甲僮	奏邊首曲呀大爺？
薛薔蘆	男人經過奏哀歌，女人經過奏歡愉曲 —— 去啦！（二僮分頭下）呼喚她！

紀時春　　若珊！

薛蘅蘆　　等等……(拾小石)用石……(擲窗)中！

賀若珊　　(開窗)誰人在呼喚？

紀時春　　我——

賀若珊　　你是誰？

紀時春　　紀時春。

賀若珊　　又是你？

紀時春　　我須相告——

薛蘅蘆　　(在陰影中)好——放沉聲調。

賀若珊　　免喇，走喇，無庸相告。

紀時春　　求求你！——

賀若珊　　你已對我無心——

紀時春　　(朗誦着薛低聲傳授之句)非也——非也——絕非無心——我對你
　　　　　有心……有情……有義……至死不渝！

賀若珊　　(將閉窗，止住)畧有進步……

紀時春　　我心內所種情根……掙扎……茁壯……有如頑童……撕裂我心
　　　　　……即是其襁褓溫床……

賀若珊　　(步出樓台)更進一步——惟是……如此嬰兒豈非養虎為遺患，
　　　　　何不在新生之時，將他扼殺？

紀時春　　我也曾嘗試下手……殺不成……我但覺……你亦有同感……此
　　　　　初生嬰兒……快高長大……刀劍難侵，力比哪吒。

賀若珊　　(站更前)好！——

紀時春　　雖是嬰兒……已然有力殺敗兩名頑敵夜叉——疑心……與高
　　　　　傲。

賀若珊　　(倚欄)妙，妙絕！惟是何以半吞半吐 —— 若斷若續 —— 是否文思有窒礙？

薛蘅蘆　　(推紀進陰影，自代其位置)去 —— 太麻煩嘞！

賀若珊　　你今夜口舌不靈所因何故？

薛蘅蘆　　(用沉聲模仿紀)心中所吐真言，在春夜矇矓之中，摸索趨前，追尋你之光華。

賀若珊　　我之言較為準繩，語語中的找着你。

薛蘅蘆　　事關我開啟心扉恭迎蓮駕 —— 目標巨大難以錯失！我之言則皆有如蜂兒回巢，背負花蜜重載，徐徐飛向君耳供獨聽。再者 —— 君言降下較速，愚言攀上較緩。

賀若珊　　然而再不如先前之緩。

薛蘅蘆　　只因路徑已熟，更得你相招。

賀若珊　　(溫柔地)現時我是否尚高高在上？。

薛蘅蘆　　太 —— 高，以至於你若擲下重重一句，由高而下 —— 足以將我壓碎！

賀若珊　　(轉身)待我下樓 ——

薛蘅蘆　　(焦急)且慢！

賀若珊　　(擲街上石)何不站於石上，較為接近！

薛蘅蘆　　(退入陰影)不必！ ——

賀若珊　　何以 —— 拒人千里？

薛蘅蘆　　(越難自持)請許我有生以來 —— 只此一次從暗中……與你交談！

賀若珊　　暗中？

《花月東牆》歌詞

薛蘅蘆	暗中低聲訴盡心中情， 情話莫再用吟詠。 用我心聲，還望你用心聽， 不必借韻律來賦詠。
賀若珊	君之聲音有異因多情， 情狂令語調難認。 但你心聲，何用朗月相證， 芳心因君語溫馨。
薛蘅蘆	從前要誦詩， 借物言情何能盡興， 拆去溫室花香更清。 良辰共美景， 撩動春心且率性， 放縱愛意全為你而傾。
薛蘅蘆、 賀若珊	春花秋月譬喻詩中情， 陳腐俗套莫重詠。 自有心聲， 流露五內真性， 曲中的真愛自能認。
薛蘅蘆	鐘聲敲出我若珊芳名， 迴腸蕩氣自難定。 令我千聲隨往叫喚呼應， 心間戀火更旺盛。
紀時春	抬頭看若珊， 意亂情迷樓頭靜聽， 暗裡癡戀心緒難定。 柔情在我心， 惟是不慚講一句， 訴我愛意全賴薛仁兄。

台詞

薛蘅蘆	正是！……夜幕低垂，使萬物美好，我倆由同一幕籠罩——你只見暗影中一襲長袍陰影，而我則一片暗黑！……你豈能知曉此刻對我有何意義？我若曾口若懸河——
賀若珊	你素來係口若懸河——
薛蘅蘆	——今夕之前，你未曾聽過我吐露心聲！
賀若珊	何解呢？
薛蘅蘆	以往，我要憑藉……
賀若珊	甚麼？——
薛蘅蘆	——憑你秋波傾出醉人春意！惟是今夕，我終於首次自行剖白！
賀若珊	首次——甚至你語音亦比從前有異。
薛蘅蘆	(熱情地趨近)何以致此？我有另一聲調——是我心聲，真心。放膽——(止步；失措；企圖自制)方才講到……忘卻！……請恕失態，一切有如美夢……奇詭——如夢……

三人	疏星花影朗月天邊明， 無言共對夜沉靜。 月冷風清， 情侶用即興， 將心中真意自然詠。	賀若珊	何以奇詭呢？
		薛蘅蘆	豈非奇詭！向你剖白真心，而不怕遭你譏笑？
		賀若珊	譏笑──何解呢？
		薛蘅蘆	（掙扎解釋）事關……我豈敢……任何人豈敢，豈敢向你作出要求？因此我心躲藏於詞句之後，此等事情亦有自慚之處──我到來本為要摘下天邊晚星──然後卻一笑低頭，彎身採集地上小花。
		賀若珊	地上小花豈非芬芳嘛？
		薛蘅蘆	在於今夕，對你我而言，未夠芬芳！
		賀若珊	你從未對我如斯說話……
		薛蘅蘆	小品、珍品──春花、私月──香囊、玉佩──山盟海誓──情之為物，盡在於此耶？如今跳出俗套，開闢新天地！我輩何以定須追隨蜂媒蝶使，從纖小花蕾之中，急求點滴楊枝甘露，一點一滴，日以繼夜，我倆既有精力；既有渴求──何不跳出俗套，飛身投入，牛飲鯨吞以至沒頂於奔流到海之長江大川之中！

賀若珊	然而……詩句呢？
薛蘅蘆	我曾為你吟詠 —— 如今休矣 —— 安能辜負乾坤，此時此夕，此花此景 —— 何必將眼底春宵，盡譜入四七廿八字中？只須抬頭瞄一眼天際繁星，合該滌盡胸中矯飾！你可曾見過濫竽名花，空有濃艷，了無香息？ —— 人之心亦復如是：強求盡情表露，迅即虛有其表 —— 以物寄情，終歸有物無情！
賀若珊	然而……詩句呢？
薛蘅蘆	舞文弄墨，真情所棄！糟蹋人生，罪莫大焉 —— 聽我講，人生苦短，良辰不再 —— 一旦錯過良辰，追悔莫及！ —— 良辰美景暫時駐步，凝神直望人心，若徒見空言，定將反胃！
賀若珊	若是此言屬實 —— 然則你我面對良辰美景之際 —— 你將作何言？
薛蘅蘆	一切 —— 一切 —— 一切在我心田怒放之花，盡數拋諸於你 —— 一陣陣芳香花雨：此情，此情超乎言語，超乎心智，超乎情之

力所能及！君之芳名，有如暮鼓晨鐘，懸於此心，每念及你，此心顫動，金鐘響起敲出 ──「若珊！」……「若珊！」……走遍全身經脈，「若珊！」……我頓悟往日曾有負你芳名之萬般遺忘小品 ── 追憶當日新春晌午之時，曾見你散髮，只此一次，豈非奇異？你可知，人若仰觀紅日，一時滿目盡皆熊熊日影 ── 正是如此，當日一見你散髮芳容，竟日之內，雙眼但見一片髮光如日！

賀若珊　　果然……正是……真情 ──

薛蘅蘆　　果然是真情 ── 有如醇酒，晶瑩美味，然而辛辣狂妬，而我吹送 ── 漆黑烈火，悅耳琴音……然而，有情正當渾忘！我心上伊人大可取去我曾經付出 ── 只求許我有時獨自一人，偶然聽到你在遠方歡笑之聲！……我素來不敢仰視，惟是如今新增勇氣，你可曾稍稍明白此心？可能感到我心，在此漆黑之中，吐出真意，達於你身？── 唉，今夕今時，我膽敢盡訴衷懷 ── 我……向你……得你傾訴！……幸何如之！在我最荒誕不經之美夢中，亦未曾敢存此厚望！如今我既不枉此生，今可死矣，正是，我自己，此番心聲，令你在我頭上蔥籠暗影之中戰慄 ── 你果真有如一枝紅艷在那枝頭顫裊 ── 你顫動，而我覺到，由這丁香花枝一路下傳，不論你有意無意，亦已傳達到我……（狂吻花枝）

賀若珊　　　我果真戰慄……飲泣……為君傾心……此身許君……不由自主，但由君使！

薛蘅蘆　　　不知死之為物如何？其餘一切，我已盡知……我令你心折——是我一人之力……但許我再求你一事——

紀時春　　　一吻！

賀若珊　　　（驚愕）一吻？——

薛蘅蘆　　　（向紀）你……

賀若珊　　　你向我求——

薛蘅蘆　　　我……事實——我意中——（向紀）貪得無厭！

紀時春　　　樓上人甘願！——何不見機而行！？

薛蘅蘆　　　（向賀）我曾道……惟是自知僭越……

賀若珊　　　但求一吻——而已？

薛蘅蘆　　　「而已」！——夫復何求！——自知——唐突西施——我望……望你拒絕——

紀時春　　　（向薛）何解？何解？何解？

薛蘅蘆　　　紀時春，住口！

賀若珊　　　（向外彎腰）你何以自言自語？

薛蘅蘆　　　自知非份無禮，故此自責：「紀時春，住口！」——（外場樂聲）且慢——有人行近——（賀關窗，薛細聽，二僮一奏哀樂，一奏喜樂）一悲，一喜——又男又女——是何意思？——

老太監上，掌燈，逐戶審視。

薛蘅蘆　　　呀！——一名太監！（向太監）公公找甚麼？

太監　　　　找一位女員外府第——

紀時春　（不耐）吓！——

太監　賀若珊——

紀時春　有何勾當？

薛蘅蘆　（指點）那邊——轉右——轉左——

太監　多謝大爺指點！——請呀。

薛蘅蘆　請。（太監下）

紀時春　快代我索得香澤一親！

薛蘅蘆　不可！

紀時春　只爭遲早——

薛蘅蘆　此言……有理……只爭遲早，事關郎才女貌——（自語）既然命該如此，倒不如……（窗啟，紀藏身）由我一手成全。

賀若珊　（步出樓台）君尚在否？方才說到——

薛蘅蘆　一親香澤。未曾真箇已銷魂！——「真箇」更難消受！子之櫻唇是否提及火熱之名已然生懼？少許而已——未曾大懼！你豈非早已不經意拋開笑聲，不自覺溜過言辭，早已毫無懼意，由言辭至笑靨……由笑靨至嘆息……由嘆息以至墮淚？只差一步——一步而已——從一滴淚到一個吻——一步一銷魂！

賀若珊　休說——

薛蘅蘆　到頭來，一吻又算幾何？一句諾言加印章——在前塵之廟前一個盟誓——一個花押——情字左旁所加一點——一個秘密——在微綻雙唇上吐出——將一刹那化成不朽，有千對隱形之翼在飛撲——一瓣心香，一闋新歌，由兩心用樸拙古譜唱出——一圈指環穿起兩個真心，化成一體！

賀若珊　休說！……

薛蘅蘆	何解呢？何以畏羞？——當年沙吒利強佔佳人，章台柳氏真心不二，也曾以信物贈與韓郎——乃是玉盒香膏！
賀若珊	不錯！
薛蘅蘆	不錯，正如韓翃，我亦有悲痛與無言；正如柳氏，你亦是失心上伊人；正如韓翃，我亦忠貞落漠——
賀若珊	正如韓翃，一般俊俏——
薛蘅蘆	(低聲)正是——我一時忘卻！
賀若珊	既然如此——上來……來取你之香膏……
薛蘅蘆	(向紀)上！——
賀若珊	你之玉盒！……
薛蘅蘆	去呀！——
賀若珊	你之舊譜新歌……
薛蘅蘆	爬上去！
紀時春	(遲疑)不可——求求你——尚未能——
賀若珊	你之剎那桃源……
薛蘅蘆	(推紀)爬上去呀畜牲！

紀攀藤而上樓台，跨欄。

紀時春	若珊！……(二人相擁一吻)
薛蘅蘆	(低聲)呀！……若珊！……我已贏得所贏得者——情之盛筵——而我正在齋戒！惟是我已贏得者……如今屬我，而在我未出言之前並非屬我者，憑我之言，贏得伊人——非為自己！……為我之言而吻，以我之言，非在你唇上！

樂聲。

薛蘅蘆　　一首悲——一首喜——哦！太監回轉！（佯作奔跑，似乎剛自別處奔至，向樓台上喊）喂！

賀若珊　　誰人叫喚？

薛蘅蘆　　我呀，紀時春是否與你一起？

紀時春　　（吃驚）蘅蘆！

賀若珊　　表兄你好！

薛蘅蘆　　表妹……你好！

賀若珊　　待我下來。（進屋下，太監台後上）

紀時春　　（見太監）吓——又來！

太監　　　（向薛）原來佢在此間嘅，賀若珊呀！

薛蘅蘆　　你方才明明説是賀祿山！

太監　　　非也——賀——若——珊。

賀若珊　　（開門上，何提燈與紀隨上）何事？

太監　　　收信呀！

紀時春　　哦！……

太監　　　（向賀）有位大人差我帶信與你！

賀若珊　　（向紀）桂玉書呀！

紀時春　　賊子敢爾？——

賀若珊　　毋庸久等：待得他知曉我心向你……（借何燈低聲自語般讀信）「若珊小姐粧次，戰鼓頻催，三軍待發。本官潛留觀中，不惜有違軍令，欲訪佳人，特遣此蒼頭老監傳書，彼乃老糊塗，未知底細。惟望佳人見憐，再無他求。今夜初更，萬望獨自相

候……」如此如此——（向太監）老公公，此書有令差遣你……（向紀）——與郎君你。請聽。

眾圍攏，她假作讀出信。

賀若珊　「若珊小姐粧次，魚公公頒下指令，雖則有違尊意，豈能抗命，本官是以差遣忠誠可信之使，請向帶信人詳述公公所命，着爾與紀時春即時行禮成親，帶信人可作媒證主禮。萬勿有違，見字即速遵行——」以下盡皆恭祝字句，下款桂玉書大人手書。

太監　　君子成人之美，桂大人果然大人風度！

賀若珊　（向紀）我讀信讀得可好？！

紀時春　（指太監）小心說話！——

賀若珊　（佯悲）唉，公公迫我成婚！

太監　　（以燈照薛）是否你就是——

紀時春　我是新郎！

太監　　（又燈照紀，見紀英偉而生疑）你？……何以不願呢……

賀若珊　（急急）哎吔——後面加一句，相煩代本官賞賜大媒白銀二十兩——

太監　　桂大人果然疏爽！大人有大度……（莊嚴地向賀）小姐，就請從命！

賀若珊　（殉道式）命該如此……（何開門率眾欲進屋，賀向薛）桂玉書行將來訪，截住他，勿使——

薛蘅蘆　我曉得！（向太監）婚禮需時若干？

太監　　哦？由我主禮，不消一刻。

薛蘅蘆　（推他進屋）快——我在此守候——

賀若珊　（向紀）郎君請！（眾進屋下）

薛蘅蘆　好，要拖延桂大人勾留一刻嘛⋯⋯有嘞！

　　　　—上—（攀上樓台）（樂聲）悲歌—呀，有男客！⋯⋯（樂聲顫音而止）哦—乃是貴客！（跨欄坐，拉過依牆一樹枝，雙手抓住，預備盪韆鞦而下）如此—不可太高—（俯視）必須輕輕飄下—（桂戴黑面具上，在黑暗中摸索趨賀宅）

桂玉書　該死老監何方去了？

薛蘅蘆　惟恐他認出我話音？—薛蘅蘆—暫且收起西涼鄉音；換個聲調—

桂玉書　芳居在—此？一片漆黑—假面！（欲叩門，薛抓樹枝縱身盪下，擋在門前：放手彈高樹枝，重重墮地，不動，桂受驚跳後）甚麼東西？（仰望，樹枝已回原位，但見天空，不解）何以⋯⋯此人從何方墮下呢？

薛蘅蘆　（坐起，用另一聲調）—月中呀！

桂玉書　你—

薛蘅蘆　從明月，從明月呀！我從明月墮下呀！

桂玉書　此人瘋癲—

薛蘅蘆　（迷惘地）我身在何方呀？

桂玉書　何故—

薛蘅蘆　現在何時？此為何地？何月何日？是何節令？

桂玉書　你—

薛蘅蘆　我滿天星斗！

桂玉書　老兄—

薛蘅蘆　有如飛石—飛石—我從月中飛墮！

桂玉書　喂，且住—

薛蘅蘆　(立起，恐嚇他)聽清楚，月呀！

桂玉書　(退縮)好——你自月中飛墮——(自語)失心瘋！

薛蘅蘆　(迫近)我並非譬喻言之！

桂玉書　吓！

薛蘅蘆　一百年前——一個時辰之前——我實在無能道出飛墮了多久——我本在遠方天邊銀盤——

桂玉書　(聳肩)當真，相煩讓路。

薛蘅蘆　(擋之)我落在何方？實說不妨——我受得起，我似流星飛墮在人間何地？

桂玉書　見鬼！

薛蘅蘆　我不能自主落在何方——月輪走得太快——此處是否人間？——抑或地府？另一個月光？我豐臀太重拖累我跌在何方？

桂玉書　老兄，容我重申——

薛蘅蘆　(忽然怪叫，桂再退縮)天呀！——此人面黑如墨！

桂玉書　(下意識伸手摸面具)哦！——

薛蘅蘆　(驚恐地)你是否崑崙奴？此處可是你祖家？

桂玉書　——假面而已！

薛蘅蘆　(畧定神)此地可是波斯？天竺？

桂玉書　(欲繞過他)我與佳人有約。

薛蘅蘆　(大喜)然則此處乃是長安！

桂玉書　(忍俊不禁)此瘋子倒也詼諧。

薛蘅蘆　呀，你笑嗱？

桂玉書　不錯，請借光——

薛蘅蘆	(大喜)好京師 —— 好咯，好咯！(回復正常，帶笑作揖，整衣)請恕衣冠不整，我駕雷電降下 —— 飛入七重天之際畧遭灼焦。此等長途 —— 你自當明瞭！難免風塵僕僕！我頸染紫薇之紫，足沾太白之金……(從袖上摘下一物)嘩 —— 身上沾上 —— 掃帚星一條毛！(吹去之)
桂玉書	(轉怒)老兄 ——
薛蘅蘆	(伸腿搥胸)靴上嵌住利齒，來自婁金狗，我急欲脫離狗口，絆着尾火虎，一跌跌落織女星機杼之上 —— 撞穿雲錦……(指天)見否雲破月來？

桂一衝，薛捉其臂。

薛蘅蘆	你試將我鼻頸一夾，會滴出水銀！
桂玉書	水銀？
薛蘅蘆	來自銀河呀！
桂玉書	見鬼！
薛蘅蘆	非也非也 —— 見天仙。(交臂)天上奇事多多 —— 你可知亢金龍為獨角新編一帽？千真萬確！(告密地)奎木狼原來乳齒未脫。(大笑)我誤踏此斗，踏斷齒柄。(昂頭)好 —— 待我寫成天府遊蹤一書，詳述諸般奇遇 —— 自當將披風抖下眾小星，一一留起，作圈點之用！
桂玉書	夠喇 —— 我要 ——
薛蘅蘆	是是 —— 我知。
桂玉書	老兄 ——
薛蘅蘆	你要我親口道出月裡嫦娥風貌 ——
桂玉書	(不耐大喝)我全無此意！我 ——
薛蘅蘆	(急急)你要知我如何飛上月殿？ —— 好 —— 事關機密 —— 乃我自創之術。

桂玉書	又痴又醉！
薛蘅蕪	我遠比大鵬蒼鷹飛得更高！
桂玉書	狂生！——
薛蘅蕪	我不須沿襲前人，自創不只一端，而是六種——六種飛騰之法！

桂已闖過薛，來到賀門前，薛追上，預備用暴力。

桂玉書	(旋頭)六種？
薛蘅蕪	譬如——我脫光衣褲，身上掛滿玉瓶，裝滿朝露，日出之時，朝露飛升天際，帶我同升！
桂玉書	(步向薛)好——一種！
薛蘅蕪	(帶他離門口，越說越快)又或者，以大袋收起四方之風，身隨風起。
桂玉書	(再趨薛一步)二。
薛蘅蕪	(再退)又可以古木造大弓，以身為箭，射上雲霄。
桂玉書	(大感興趣，數手指)三。
薛蘅蕪	又或許，煙性向上升，以巨球貯滿飛煙，足以載我升騰。
桂玉書	四。
薛蘅蕪	又如古書所載，月中玉兔常以杵臼研牛羊骨髓——我即以此塗滿全身。
桂玉書	五！
薛蘅蕪	最後一種——我坐鐵盤之上，將磁石拋上天——鐵盤受吸引追隨——我接住磁石——再向上拋——如此重複多次。
桂玉書	六——盡皆異想天開——然則你選用何種方法？
薛蘅蕪	(冷然)盡皆不然……而出第七策。

桂玉書	即是？——
薛蘅蘆	你試猜猜！——
桂玉書	此瘋子果然有趣！
薛蘅蘆	(作浪潮聲及手勢)呼！……呼！……
桂玉書	吓？
薛蘅蘆	可曾猜到？
桂玉書	未呀。
薛蘅蘆	大浪海潮！……我在潮水隨滿月高漲之時辰，臥在海灘，任隨浪濺，頭向明月，而髮中濡滿濕氣——於是乎有如騰雲駕霧，徐徐升起，不費吹灰之力——然後，我突感震動！——然之後……
桂玉書	(坐石上，好奇地)然之後？
薛蘅蘆	然之後——(突變回原聲調)時辰已到！——
	桂大人！——我如今放過你；而彼兩人則永繫紅絲——終身已定。
桂玉書	(跳起)我是否醉酒？其聲……(賀門啟，家人提燈上，薛露真面目)其鼻！——薛蘅蘆！
薛蘅蘆	(作揖)正是在下！……此際一對新人，已然成禮。
桂玉書	誰人？(賀與紀上，太監帶笑隨上。何與乳娘掌燈從後上)豈有此理！(向賀)你？——(認出紀)他？——(向賀行禮)恭喜！恭喜！(向薛)亦要恭喜這位奔月衛士。你所述奇想。足以令老僧不遑入定——他日定要寫成天府遊蹤一書！
薛蘅蘆	(長揖)回大人！自當從命。(引見新人)大人，一對璧人，既屬天作之合——亦有賴大人一手玉成！
桂玉書	(冷然)好話。(向賀)女員外，請與你……夫君道別。
賀若珊	吓！——
桂玉書	(向紀)你所屬西涼部，今夜受命出征，郎君速往！傳令！

賀若珊	出征？迎戰吐蕃？
桂玉書	正是！
賀若珊	你方才說道西涼部不須出征——
桂玉書	並無此事！（取出軍令）軍書在此——（向紀）校尉！立刻去賈毓彬都尉處。
賀若珊	（投紀懷）紀郎！
桂玉書	（向薛，揶揄地）洞房之夕，只怕尚須稍待！
薛蘅蘆	（自語）嘿！我處之泰然。
紀時春	（向賀）容我再親香澤……
薛蘅蘆	好嘞……夠嘞……起程！
紀時春	（仍擁賀）你不知有幾許難捨難分——
薛蘅蘆	（扯開他）我知！（遠處戰鼓聲）
桂玉書	羽林軍候命出發！
賀若珊	（薛領紀欲離時，她追上去）代我照顧夫君——（求懇）答允我莫許他身陷險地！
薛蘅蘆	我盡力而為——惟是不能保證——
賀若珊	要紀郎多多小心！
薛蘅蘆	好——我勉力——試——
賀若珊	照顧他溫飽！
薛蘅蘆	好、好——盡人事——
賀若珊	（耳語，機密地）休教他變心！——
薛蘅蘆	當然！倘若——
賀若珊	還須叫他每日寫家書向我報平安！
薛蘅蘆	（止步）此事嘛，我敢保證！

第四幕——沙場

靈武城外禁軍西涼部營房，時為黎明。營火四周，西涼校尉（包括紀）各捲氈睡着，賈及李在夜巡。

李百喻　　可怖！

賈毓彬　　吓，當然啦！

李百喻　　直娘賊！

賈毓彬　　咒就低聲咒——你會嘈醒眾兄弟。（向一醒來之校尉）再睡——噙！（向李）夢中自有飽餐。

李百喻　　可惜我難以入寐，老天呀！餓得好慘呀！（外場喧聲）

賈毓彬　　可惡吐蕃蠻子！定要驚擾我兒郎（向眾校尉）安眠、安眠！——

一校尉　　（醒來）媽的！又來襲？

賈毓彬　　非也——只是薛蘅蘆回轉。（眾校尉再睡）

哨兵　　　（外場）來者何人？

薛蘅蘆　　（外場）薛蘅蘆！

另一哨兵　來者道名！——

薛上。

薛蘅蘆　　你薛大爺呀，蠢才！

李百喻　　（趨前迎之）謝天謝地，又一次安然而返！

薛蘅蘆　　（作噤聲手勢）噙！

李百喻	可曾受傷？──
薛蘅蘆	怎會──蠻子放箭總是失準──至今經已習以為常！
李百喻	好──去啦──每早日出之前，輕身犯險只為去投書！
薛蘅蘆	（在紀前止步）我許下諾言，要此人每日寫家書……（看紀）嗯──小子睡中面色蒼白──兼消瘦──慢慢餓死──天幸表妹未知！惟是，依然俊俏……
李百喻	且睡一回！
薛蘅蘆	嘩，嘩──老白虎，且莫咆哮！──我自會小心──你素知我會──我每夕出營繞過蠻子陣前，總等待蠻子盡皆醉倒。
李百喻	你好應該披甲出去！
薛蘅蘆	我必須輕裝疾走──順帶一提，今日定有大事發生：我軍再無糧則必死無疑，我方才所見不容置疑。
李百喻	願聞其詳！
薛蘅蘆	難──我其實有疑──且耐心觀看！
賈毓彬	如此戰情，圍人者要餓死！
李百喻	絕妙之戰──絕妙境況！我軍包圍靈武──吐蕃國師元帥則包圍我軍──於是乎──我等前後受敵！
薛蘅蘆	或者將會有人圍他呢。
賈毓彬	餓中笑談！
薛蘅蘆	呵呵！
李百喻	好！你笑得出──冒死去送信──你現下……
薛蘅蘆	（在營門）去修另一封書。（進營下）

漸明，一輪戰鼓。

賈毓彬　　　（嘆息）又擂鼓！——令人忘餓之夢又化為烏有。（眾校尉醒來）好啦！——

校尉一　　　（坐起呵欠）天呀！我餓死喇！

校尉二　　　飢腸轆轆！

眾　　　　　（呻吟）唉！

賈毓彬　　　振奮精神！

校尉一　　　寸步難行！

校尉二　　　再難舉臂！

校尉一　　　試看此舌頭——但願能餐風飲露！

校尉二　　　我願以頭盔交換半斗米！

校尉一　　　我對此役再無胃口——待我回營掛起免戰牌——有如東吳陸遜。

校尉二　　　不錯——不發糧，不出戰——

賈毓彬　　　薛蘅蘆！

眾　　　　　左亦是死，右亦是死——

賈毓彬　　　出來！——你懂得如何與眾手足說話，快引眾人一笑——

校尉一　　　你咬嚼何物？

校尉二　　　馬革毛氈，靈武此地果然豐饒吓。

校尉三　　　（上）我狩獵回來！

校尉四　　　（上）我到河中捕魚！

眾　　　　　（跳起圍之）可有收穫？有魚嗎？有獵物嗎？鷦鴣？鮮鯉？快快出示！

校尉四　　　有——一尾魚毛。（示之）

校尉三　　　一頭肥……麻雀。（示之）

眾	吓！—— 豈有此理，餓極 —— 必死呀！——
賈毓彬	薛蘅蘆！快來幫忙！
薛蘅蘆	（出營上）何事？（向校尉一）你何以滿面愁容呢？
校尉一	我有一事不能解決。
薛蘅蘆	何事？
校尉一	我個肚皮呀。
薛蘅蘆	我亦有吖。
校尉一	你餓得好開心啦！
薛蘅蘆	（勒緊腰帶）助我青春常駐。
校尉二	我牙齒生鏽略。
薛蘅蘆	磨利之哉！
校尉三	我腹中如戰鼓雷鳴。
薛蘅蘆	擂一通衝鋒令吖！
校尉四	我耳內嗡嗡作響。
薛蘅蘆	胡說！飢腸並無雙耳。
校尉一	我只求一罈好酒！
薛蘅蘆	（遞盔）送你一瓢。
校尉二	無論何物我都吞！
薛蘅蘆	（擲以手中書）試試左傳吖。
校尉三	魚公公就一日食四餐 —— 可有關心我輩生死？
薛蘅蘆	追問公公囉；魚公公實在好應賜你……御廚精選肥羊 —— 全頭吊燒 ——
校尉三	好，尚要一罈 ——

薛蘅蘆	(呼喝地)喂，魚朝恩 —— 女兒紅一罈……呀，果然好酒！
校尉三	再加鮮果 ——
薛蘅蘆	當然 —— 嶺南荔枝！
校尉四	(顫抖)我有如餓狼呀。
薛蘅蘆	(拋袍)就此披上羊皮啦。
校尉一	(聳肩)一味風言風語！
薛蘅蘆	風言風語 —— 不錯！但願至死如是 —— 在夕陽金暉之下，為我好江山，講個好笑談！但願死於劍下，死而無悔 —— 心上插龍泉，唇上帶笑意！
眾	講得好 —— 可惜仍然肚餓！
薛蘅蘆	呸！爾等但顧自憐。喂，白遵道，你曾在關外放牧 —— 取出蘆笛！用氣，吹 —— 向此等拜食神之徒，奏關西舊調 ——

《蘆笛笳聲》歌詞		台詞	
薛蘅蘆	黃河遠在白雲上， 往日大家關外牧羊。 回顧塞上萬里風雪霜， 草折腰見盡牛羊。 毋忘塞外舊城上， 蘆笛悲歌送夕陽， 雲際遠望， 是我的家鄉， 舊時的山歌不復唱。 舊日同伴保國殺敵陣上， 赳赳威風男兒漢。 個個英勇， 義膽忠肝， 英勇捍衛我大唐。	薛蘅蘆	「黃河遠上白雲間，一片孤城萬仞山，羌笛何須怨楊柳，春風不渡玉門關」——宛轉小調，每一音猶如一個小妹子 —— 此曲只曾聞於久已絕響而未曾盡忘之聲 —— 山歌猶如輕煙，在寧靜午間，從小茅蘆緩緩升起 —— 陌生童謠，調中自有西涼鄉音 ——（老校坐下備笛）就任由老兵蘆笛追尋舊夢，任你手指在面孔上作小鳥之舞 —— 任由舊夢跨越黃鍾大呂；記取昔日原是

前塵往事莫回望，
努力效忠，
殲敵在戰場，
靈武陣上用赤心保國邦，
遂能稱關西好漢。

河邊一棵蘆葦，追憶鄉間無邪無憂昔日情懷……(老校開始吹笛)眾鄉親請聽！如今非復區區蘆笛——乃是簫管，自遠處林泉呼喚——非復金戈鐵馬之聲，而是牧童日子恬靜之笛聲！聽吓——林間幽谿……青山……翠谷……河畔綠華之夕……聽呀，西涼人！全個西涼如在目前！……

眾皆垂頭，有人以袍角偷偷抹淚。

賈毓彬　　(低聲向薛)你令眾人墮淚——

薛蕙蘆　　思鄉之淚——心中之饑，遠遠高於體膚之餓；如今彼等餓在心間矣。

賈毓彬　　誠然，惟是你令男兒喪氣。

薛蕙蘆　　(招鼓手)你以為如此？不必擔心。眾人血脈之中自有淚水難熔之鐵。你只須——

作手勢，擂鼓。

眾　　　　(奔去抄兵器)何事？何處？——

薛蕙蘆　　(一笑)請看——且任關王爺小睡片時——就此告別昭君怨曲——美夢——離愁——思鄉病——蘆笛哄人入睡，卻有聲鼓喚醒！

校尉一　　(看台後)呀哈——桂玉書大人呀！

眾　　　　(作嘔聲)Ugh！……

薛蕙蘆　　(一笑)好恭維！

校尉一　　一見此人就飽咯！

校尉二　　項上纏汗巾——

校尉一　　正如劍上纏羅帕！

校尉三　　包裹頸後疔瘡乎——

校尉四　　殿前優孟！

校尉二　　魚公公內侄！

賈毓彬　　不過終歸亦是關西人。

校尉一　　冒牌貨！萬勿相信此人——你試看我輩關西人盡皆狂人——而此人一本正經——最要防備一本正經之關西漢！

李百喻　　此人看來憔悴！

校尉二　　哦，貴人一樣挨餓，與尋常百姓無異——只不過腰帶鑲上眾多金珠寶玉，肚內一抽筋就在艷陽之下閃閃生光囉！

薛葡蘆　　就由他盡見我等苦相？快——吹笛！——擲骰！——猜拳！——（眾急各尋樂）至於在下嘛，且讀讀孟子。

薛踱步閱書，一陣喧聲，桂上，顏容枯槁。眾作玩樂之狀，桂趨賈，二人互偷眼望，見對方慘狀而暗暗得意。

桂玉書　　賈大人早起！（自語）皮黃骨瘦。

賈毓彬　　（自語）雙睛突出。

桂玉書　　（環顧）哦？白眼相加？各位鄉親——本官亦署有所聞各位不服本官：關外英雄；西涼硬漢，山林風骨——本官亦知草莽英雄憎人富貴；呼之為朝臣、政客——詆病本官以江南絲羅裹劍。做個西涼人而並非窮漢似乎就是彌天大罪！（眾默然）好——是否應命本部長官軍法處置呢？……不必。

賈毓彬　　本來就難以從命。

桂玉書　　哦？

賈毓彬　　本部不受大人所管；我自付糧餉；所部乃本人子弟兵；只接征
　　　　　戰軍令。

桂玉書　　哦！已經夠啦，本官自反而不縮，在陣前所為如所周知。即如
　　　　　昨日，我在五里坡殺退吐蕃悍將宗普，揮兵如虎入羊群，由本
　　　　　官親自帶領衝鋒陷陣——

薛蘅蘆　　（仍看着書）然則大人之紅披風呢？

桂玉書　　你亦聽聞？不錯——本官率眾作第三度衝鋒，發覺身遭亂兵湧
　　　　　入敵陣之中。有被俘之險。然而本官急中生智——解下帥袍遠
　　　　　遠拋開——故此目標不顯，安然脫出重圍，整軍再戰，終獲全
　　　　　勝！……

眾似乎不聞，但均停手。

桂玉書　　你認為如何？隨機應變乎？

薛蘅蘆　　昔日太宗皇帝尚為秦王之時，即使身陷百萬軍中，亦從未棄袍
　　　　　或者……割鬚。

一陣暗笑，眾續玩樂。

桂玉書　　吾計收效吖！

又停頓。

薛蘅蘆　　然而……為將者絕不輕棄身作眾矢之的殊榮。（眾續玩）呢，我
　　　　　若在場——你與我之勇分別在此——你棄下之袍，我定必拾起自
　　　　　披身上。

桂玉書　　大言炎炎！

薛蘅蘆　　大言炎炎？請於今夕借袍與我；我身披貴袍，領兵作前部衝鋒！

桂玉書　　西涼陋習！你賭得老定，明知立於不敗之地，本官紅袍棄於兩軍之間河濱之上，敵方弩箭可及，萬難取回！

薛蘅蘆　　（從營房中扯出紅袍）原物奉還……

靜默，眾忍笑，桂環顧，眾埋頭玩樂，一人哼剛才笛子曲。

桂玉書　　（接過袍）有勞！我正需此紅絨打訊號，尚有些少猶疑，君為我決。（立石上揮紅袍）

眾　　　　何解呢？——

哨兵　　　營外有人奔跑！

桂玉書　　（下來）一名吐蕃人，有用之兩頭蛇，照我吩咐向敵方告密，憑其左右，本官大可控制敵軍部署。

薛蘅蘆　　奸細！

桂玉書　　正是奸細；惟是有用……方才講到？……呀——本官有消息奉告：昨晚正有運糧希望。郭令公元帥爺乘夜回師石門，大軍糧草屯積在彼，取糧容易，惟是要運糧回轉，則須大軍護衞——起碼全軍一半實力。現下此地僅有西涼部聊備一格。

賈毓彬　　天幸吐蕃人未知。

桂玉書　　哦，吐蕃人早知如此，行將來襲。

賈毓彬　　吓！

桂玉書　　我該位奸細將敵情盡行相告。現下他向敵軍告密，將會斷定敵方進軍之路，那傢伙問我，該當如何報告！本官教他：「潛出營外；看本官訊號；我揮動紅旗之處，你就帶蠻子向該處進攻啦。」

賈毓彬　　（向眾）好，眾兒郎！（眾立起，束裝待發）

桂玉書　　各位大抵有半個時辰備戰。

校尉一　　吓——半個時辰！（眾坐下復玩）

桂玉書　　（向賈）拖延時間是為要務，隨時押糧回抵。

賈毓彬　　然則為拖延時光？

桂玉書　　就要請各位為國捐軀咯！

薛蘅蘆　　呀！你公報私仇咯？

桂玉書　　本官從未偽作對你錯愛！不過——既然各位自詡戰無不勝，英勇過人，諸如此類——你我又何必談及私仇呢？本官奉旨參軍，挑選敢死之士……於是乎就如此挑選！

薛蘅蘆　　（行軍禮）大人，容我代眾兄弟——道謝！

桂玉書　　（回禮）你喜歡以一敵百；如今正是大好良機！（與賈步台後）

薛蘅蘆　　（向眾）各位鄉親，如今正是西涼血性男兒報國之時！（桂與賈商議軍務，薛趨紀，紀一直交臂不動）紀時春？（一手搭其肩）

紀時春　　（搖頭）若珊……

薛蘅蘆　　如何？

紀時春　　我好想修書訣別，遺下我全心由她收執。

薛蘅蘆　　我早已想到——（取出一信）早已代你寫好訣別書。

紀時春　　拿來一看！

薛蘅蘆　　你要讀？

紀時春　　當然！（取信，閱之，突然抬頭）哦？——

薛蘅蘆　　何事？

紀時春　　此處——有一圈——

薛蘅蘆	（急取信，不解）一圈？
紀時春	正是——一滴淚痕！
薛蘅蘆	果然！……哦——詩人修書，仿如美人在抱。隨意想像——以假作真——明白嗎？為文之樂半在如此——嗱，你可見我修書之時如何悲從中來，以至臨書墮淚！
紀時春	你——墮淚？

《英雄氣短》歌詞

紀時春	這滴淚印，發自內心，證實是你，愛慕玉人。
薛蘅蘆	再莫問我，這滴淚印，乃係代你，訣別若珊，悲傷不禁。
紀時春	一封封信，將心相贈，你就係佢心上人。
薛蘅蘆	相貌未配，你就合覷，共若珊心相印。
紀時春	佢未論計，你面貌寢，你頁頁信，攝入夢魂。
薛蘅蘆	我念在你，戰陣被困，替代用信，慰問若珊孤單可憫。
紀時春	即刻出去，將她追問，你莫負佢傾慕忱。
薛蘅蘆	你欲讓愛，我實怒憤，在下敬謝不敏。
	哦，不錯——只因……死不足惜，惟是——長別伊人……誠為憾事！而我再難——
紀時春	（奪信）拿來！（外場喧聲）
哨兵	（外場）來者何人？（車馬聲，叱喝聲）
賈毓彬	何事？——
哨兵	咦，一乘油壁車。（眾湧去看）

眾	（紛紛）吓？來到陣前？油壁車？向這邊來 —— 定然來自敵陣 —— 何以 —— 放箭！—— 且慢 —— 聽清楚！—— 駕車者高呼 —— 叫甚麼？等等 —— 叫道：「奉旨而來」！
桂玉書	奉旨而來？
賈毓彬	人來，恭迎貴客！
桂玉書	奉旨而來？
賈毓彬	人來，恭迎貴客！
桂玉書	帝京來使，眾貔貅列隊！——

車上，停下。

賈毓彬	播鼓！——（眾列隊）
桂玉書	你兩人 —— 上前迎接 ——

兩人往開車簾。

賀若珊	（下車）各位，萬福！
桂玉書	奉旨而來 —— 你？
賀若珊	正是 —— 我奉情心之旨而來！
薛蘅蘆	（自語）老天爺……
紀時春	（急趨她）你！你何以 ——
賀若珊	場仗打得太久！
紀時春	惟是何以？——
賀若珊	稍後詳談 ——
薛蘅蘆	（自語）我可有膽量見她……
桂玉書	你絕不能留在此間！

賀若珊　有何不可！那一位大哥，相煩搬過鼓兒……

　　　　（坐鼓上）勞駕——好！（笑）信不信由你——竟然向我放箭？——我之小車仿如孔子周遊列國，可？而御者——（向紀招呼）紀郎！（回頭）個個面色凝重！可知千里迢迢——由長安到此！（向薛）表兄，何幸相逢！

薛蘅蘆　（上前）你胡為至此？

賀若珊　如何識得此處？非常容易——我一直跟隨軍灶——唉，獨惜滿目瘡痍！不見不信呀。各位大哥，乃奉皇命作此征戰？我寧願為情心驅策咯！

薛蘅蘆　惟是你如何突破重圍呢？

賀若珊　哦，當然是穿過吐蕃營地啦！

校尉一　蠻子放你通過？——

桂玉書　你怎能辦到？

李百喻　萬難辦到！

賀若珊　毫不費力——我只管驅車直入，偶爾有三兩蠻子向我叱喝，而我報以一笑——笑面迎人；於是乎，恕我講句：吐蕃人果真天下難逢之彬彬君子——任我通行無阻！

賈毓彬　美人一笑果然更勝御筆通行令！蠻子可有問起你因何而來，往何方去？

賀若珊　哦，不停問起！於是乎我含羞低頭答句：「往營房訪我情郎……」當其時吐蕃人定然馬上禮義周周拉上車簾——弓弩，如見大賓，倒退三步，行個大禮說道：「姑娘請就道！」

紀時春　惟是若珊——

賀若珊　我知——我說是「情郎」——請君諒解！——若說是「尋夫」，難以教人入信！

紀時春　好，惟是——

賀若珊	尚有何不安？
桂玉書	你必須馬上離開。
薛蘅蘆	刻不容緩。
賀若珊	我？
李百喻	正是──馬上就走。
賀若珊	所因何故？
紀時春	事關……
薛蘅蘆	半個時辰之內……
桂玉書	眼下就到……
賈毓彬	最好就……
李百喻	請姑娘你……
賀若珊	哦──我知！你等行將上陣出戰，我留在此間。
眾	萬萬不可！
賀若珊	紀郎是我夫君──（投紀懷）我願與君同死！
紀時春	你剪水雙瞳！……你何苦？──
賀若珊	君應知我心……
桂玉書	（焦急）本部情勢危急──
賀若珊	（旋頭）危急？
薛蘅蘆	事實如此，我等奉令──
賀若珊	（向桂）哦──你要我新婚燕爾變成新寡？
桂玉書	我指天為誓──
賀若珊	算啦，我只是一時情急──我定要留下，可能更覺開心。
薛蘅蘆	哦，女中豪傑──我等好才女？

賀若珊	薛大爺，我是你表妹呀！
校尉一	好！就此鼓勇上陣！
賀若珊	各位老朋友 —— 與各位一起尚有何懼！
校尉二	全營遍是芬芳！
賀若珊	我這身打扮，想亦不致失禮沙場！……惟是 ——（看桂）桂大人也許應當迴避，目下隨時會有性命之危。
桂玉書	言重喇！我要出營巡邏，馬上回轉 —— 你尚可回心轉意 —— 尚未為晚 ——
賀若珊	難矣哉！（桂下）
紀時春	（懇求）若珊！……
賀若珊	我不走！
校尉一	（向眾）夫人要留駐營中！
眾	梳呢！—— 洗個面！—— 有個破洞 —— 針線呢！—— 借個鏡照照！—— 整理戎裝 —— 剃刀 ——
賀若珊	（向薛）無謂多講！我絕不離開半步！
賈毓彬	（整理好衣冠，趨賀）既然如此，且容末將向夫人引見有幸在尊前戰死眾將校！
賀若珊	（行禮）請！——（挽紀臂）
賈毓彬	白如皋校尉！
校尉	夫人有禮……
賀若珊	有禮……
賈毓彬	高得隆校尉 ——
校尉	夫人……

賈毓彬	鄧天祿校尉——
校尉	夫人……
賀若珊	幸會！
賈毓彬	請夫人賞賜手中羅帕。
賀若珊	(遞帕)哦？
賈毓彬	本部正需一面認軍旗。現下堪稱全營第一！
賀若珊	(微笑)稍嫌細小——
賈毓彬	(縛帕於槍上)清秀絕倫！
校尉一	能得美人一笑，死也從容，只可惜肚內空空——。
賈毓彬	好不知羞！飽餐秀色，好應忘卻——
賀若珊	僕僕長途——我亦覺飢餓！最好——有冷烤鴨、胡餅、白酒一鍾——就夠嘞。可否相煩一位軍爺代取？
校尉一	誰人不想吖！——
另一校尉	往何方取喎——
賀若珊	呢——在我車中。
眾	吓？
賀若珊	只須解開包裹，切開平分。呀，你等看真駕御之人，可能認得老友。
眾	(衝向車)何其樂！
賀若珊	(搖頭)餓得可憐……
眾	嘩！嘩！
薛蘅蘆	(向賀施禮)仙人打救。
何其樂	各位大爺！——
眾	好！好！

何其樂	啲吐蕃人，見倒我哋笑，見唔倒一包二包！（眾大笑）
薛蘅蘆	（向紀）紀時春！——
何其樂	只見倒美人，見唔倒——美酒！

眾傳開酒食。

薛蘅蘆	（仍向紀低聲）借一步說話——
何其樂	王昭君迷住眾人對眼，毛延壽就將成隻燒豬暗渡陳倉！（眾傳豬腿）
薛蘅蘆	喂——過來說話——
賀若珊	排開地上啦。（叫）紀郎！快來幫手。
何其樂	山雞，白切肉！
校尉	直娘賊！我死之前定要大咬——（見賀）恕罪恕罪——定要飽餐一頓！
何其樂	開酒罈啦！（拋錦墊）割開睇吓，裝滿乾果㗎！
賀若珊	（鋪布，向薛）快從夢中轉醒！幫手鋪排——
何其樂	（取燈籠）燈籠塞滿包子！
薛蘅蘆	（向紀）你敘夫妻情之前，定要與我先講兩句——
何其樂	馬鞭裡頭係條長風腸！
賀若珊	（等酒食）既然將死，先要飽食！休管他人——只供西涼鄉親！若是桂玉書來到，恕不招待！時候尚早——你何須狼吞虎嚥——倒滿杯——有何不妥？
校尉	（啜泣）最難消受美人恩呀……
賀若珊	休如此！要黃酒抑或白酒？——賈大人請用包點！——碗筷——傳碟——燒餅好嗎？多取兩個——要酒嗎？——

薛蘅蘆　　（跟隨幫手）果然可親！

賀若珊　　（趨紀）紀郎要甚麼？

紀時春　　不用。

賀若珊　　一定要！——少許酒？一塊餅？

紀時春　　先要你相告胡為來此——

賀若珊　　稍待片時，我先要侍候眾兒郎——

李百喻　　（看遠方）桂玉書呀！——

薛蘅蘆　　全部收起，快！——杯盤酒罈——馬上再作饑荒相——（向何）上
　　　　　　車——全部藏好？

眾已收起酒食，桂上，嗅一嗅。

桂玉書　　好香。

一校尉開始哼曲，桂瞪他，他尷尬垂頭。

桂玉書　　你呀——何以面紅耳赤？

校尉　　　只是——熱血沸騰。

另一校尉又哼。

桂玉書　　何事？

校尉　　　唱曲——唱曲而已——。

桂玉書　　你好開心！

校尉　　　哦——出戰之前，例必開心——

桂玉書　　（向賈）賈大人！本官——吓——你亦滿面歡容！——

賈毓彬　　非也！（板起臉，背後藏酒）

桂玉書	好——我留下五百弓箭手助你，在外候命。
校尉一	感恩不淺呀！——多蒙大人關懷！
校尉二	多承見愛！——
桂玉書	(鄙夷地)爾等似乎醉酒——(冷然)小心弓箭——以免誤傷戰友！
校尉一	我呸！
校尉二	好膽？
校尉一	西涼人豈有誤傷戰友之事！
桂玉書	你果然是醉酒——
校尉一	戰事催人醉而已！
桂玉書	呸！(向賀)夫人可曾打定主意？
賀若珊	我留在此地。
桂玉書	你尚可逃離——
賀若珊	無須多講！
桂玉書	好——誰人借我一副弓箭！
賈毓彬	吓？
桂玉書	本官亦留此出戰！
薛蘅蘆	(正色)大人果然有膽量！
校尉一	雖然衣錦，不掩西涼本色！
賀若珊	何以——
桂玉書	我豈能自顧脫身，遺下婦人於陣上？
校尉二	(向校尉一)不如分酒食與他——你道如何？

眾取去酒食。

桂玉書	有糧？
校尉三	畧備一二——
桂玉書	(回復自制、高傲)本官豈可拾人餘唾？
薛蘅蘆	(行軍禮)參軍大人——果然士別三日！
桂玉書	本官空肚亦能勇戰！
校尉一	聽吓——西涼鄉音呀！
桂玉書	(大笑)本官亦有鄉音嘛？
校尉一	果然是好鄉親！

眾大笑，賈下而復上。

賈毓彬	眾軍在外列隊候命。
桂玉書	(向賀施禮)請夫人相陪點兵？

桂與賀率眾下。

紀時春	(急趨薛)有話快講！
薛蘅蘆	倘若若珊……
紀時春	如何？
薛蘅蘆	提起你所投家書……
紀時春	哦——我知！
薛蘅蘆	切勿露出……
紀時春	吓？
薛蘅蘆	半點驚詫。
紀時春	驚詫——何解？

薛蘅蘆　　容我解説！……事實非常簡單 ── 只不過我一直未曾相告。
　　　　　你……

紀時春　　快講啦！──

薛蘅蘆　　你曾修家書數目多於你所想像。

紀時春　　哦 ── 當真！

薛蘅蘆　　我自作主張借箸代謀，修書 ── 有時……未曾……

紀時春　　告知我？

薛蘅蘆　　非常簡單！

紀時春　　簡單！── 我軍被圍一月！── 你如何將家書送出？

薛蘅蘆　　日出之前，我暗裡 ──

紀時春　　直透重圍投書，又算是非常簡單可！好，我修家書與愛妻，幾
　　　　　多封？四日一次？三日？兩日？

薛蘅蘆　　非也。

紀時春　　每日一書？

薛蘅蘆　　正是 ── 每日……每日一書……

紀時春　　(大怒)而你居然甘心犯險，冒死送出 ──

薛蘅蘆　　(向外看)嗽 ── 休在她跟前談起！

賀上，薛進營下。

賀若珊　　好嘞 ── 紀郎。

紀時春　　(執手)現今坦白相告何以冒險前來 ── 蹈險而至 ── 千里迢迢
　　　　　── 要來相會？

賀若珊　　只因 ── 你千里來鴻……

紀時春	吓?
賀若珊	你所寫書信，令我情狂——為君情狂！試想你曾手書千言萬語，每封更比上一封更令人心折！
紀時春	只為幾道無聊書柬，你甘冒萬險——
賀若珊	吓——無聊！你豈能知曉？我自以為對你情深，自從當晚你在樓台之下向我傾吐心聲……然而——一直以來，紀君來鴻——每一字正如重聞你在夜色之中所吐衷情，每字每句，仿如君臂將我環抱……終於定要來此相會。換上別人亦當如此！若是薛仁貴如你一般修書——柳氏豈能安坐家中織布？定當飛渡關山，天南地北——追到陣前會夫！
紀時春	濃情……厚義……真心……若珊，你果真有此感受！……
賀若珊	你當知我如何感受！……
紀時春	於是乎——你冒死前來……
賀若珊	紀君，夫主——我若跪倒，煩你相扶——正是我心向你跪倒，長跪尊前——再難扶起！——我正為前來求恕——人之將死，惟求寬恕——請恕我以往浮誇淺薄，只識愛你顏容而一見鍾情。
紀時春	若珊！……
賀若珊	然後我學懂喇，之後我學識振翅高飛，識得愛你五內真心——對你認識越深，越加愛慕，如今——
紀時春	如今？……
賀若珊	我所愛者是你自身：你內在之美質良才。
紀時春	若珊！
賀若珊	君應欣喜！——我深知你往時苦況；見我往日膚淺；惟識傾慕你外表，七尺昂藏——而非你胸中見識，定必令你五內如焚！因此你以文情盡顯你胸中真知卓見。到如今，當日先入我眼惟君外在風華——如今我更能洞察你內心，不復迷於外表！

紀時春	哦！——
賀若珊	你對贏得我心仍然存疑？
紀時春	(可憐地)若珊！——
賀若珊	我明白：你未能全心信我——如斯真愛——
紀時春	我不要如斯真愛！我只求如前愛我——
賀若珊	只為尋常女流一般眼中所見？我可以做得更好！
紀時春	不須更好——以往之情最好！
賀若珊	你未曾識透我……郎君，我非比從前愚昧——今日之我對你更加情深——更能賞識你真心——千真萬確！……你若非如前俊美——
紀時春	休言！
賀若珊	——即使相貌較平凡——甚至貌醜——我仍將一般相愛。
紀時春	你是由衷之言？
賀若珊	正是由衷之言！
紀時春	貌醜？
賀若珊	即使貌醜！
紀時春	(痛苦)老天爺呀！……
賀若珊	你如今安樂否？
紀時春	(哽咽)安樂……
賀若珊	究竟有何不妥？
紀時春	(輕推開她)只是……並無不妥，請稍待……
賀若珊	惟是——
紀時春	(指眾)我獨佔你太久——去向眾人勸慰啦；各兄弟死期已近！

賀若珊　　好夫郎！

紀時春　　去啦──（賀往與眾圍談）薛蘅蘆！

薛戎裝上。

薛蘅蘆　　何事？你面色──

紀時春　　若珊並非愛我。

薛蘅蘆　　（笑）你以為如此？

紀時春　　她所愛者是你。

薛蘅蘆　　胡說八道！

紀時春　　（怨毒地）若珊只愛我內心，而非外表。

薛蘅蘆　　當真！

紀時春　　當真──即是愛你，你亦愛她。

薛蘅蘆　　我？

紀時春　　我有眼見──我知道！

薛蘅蘆　　不錯……

紀時春　　你對她之愛──

薛蘅蘆　　（靜靜地）刻骨相思。

紀時春　　對她明言啦！

薛蘅蘆　　不可。

紀時春　　有何不可？

薛蘅蘆　　唉──只看這副尊容！

紀時春　　若珊曾道我即貌醜亦一般愛我。

薛蘅蘆	（驚愕）若珊 —— 如此説？
紀時春	剛剛説過！尚有何疑慮？
薛蘅蘆	（半自語）難得她對你如此明言……（轉聲調）荒謬！你竟相信如此狂言 —— 難得她對你明言……休信她片面之辭！繼續努力 —— 你永無可能變成貌醜 —— 要堅持！若珊對我定不輕饒。
紀時春	你我正宜辨明此事。
薛蘅蘆	不可不可 ——
紀時春	由若珊在我兩人之中選擇其一！—— 向她和盤托出！
薛蘅蘆	不可 —— 休折磨我 ——
紀時春	我豈能害你一生幸福，只因我生就一副死人美貌？太不公平喇！
薛蘅蘆	我又豈能害你一生幸福，只因我天生有能道出你 —— 可能 —— 心中所感？
紀時春	向她披露真相！
薛蘅蘆	小子 —— 休得迫人太甚！
紀時春	我經已厭倦作我自身情敵！
薛蘅蘆	紀時春！——
紀時春	我倆未訂終身 —— 無媒無證 —— 全屬詐騙 —— 大可作廢 ——
薛蘅蘆	休再迫我 ——
紀時春	我要知清楚若珊一是鍾情本是莽夫之我 —— 一是對我絕無情意！我決心徹底解決！我要知清楚孰真孰假。現下我步出轅門暫避，你去道出真相，任她選擇我倆一人。
薛蘅蘆	定然選你。
紀時春	唉 —— 但願如此！（旋頭嚷）若珊！

薛蘅蘆　　不可不可——

賀若珊　　(急趨紀)紀郎，何事？

紀時春　　薛蘅蘆有事相告——有要事。(下)

賀若珊　　哦——要事？

薛蘅蘆　　時春去矣……(向賀)並非要事——只是時春認為你應份知悉——

賀若珊　　我已盡知，我明白紀郎尚未能盡信我方才所告。

薛蘅蘆　　(執其手)你方才所告——是否出自真心？

賀若珊　　當然！我告知紀郎我此心不變，即使他……

薛蘅蘆　　(苦笑)此字難以出口——尤其在我跟前？

賀若珊　　即使他……

薛蘅蘆　　何妨道出呢——我絕不介意！——「醜」？

賀若珊　　即使如此我仍將相愛。

外場一陣喧聲。

賀若珊　　咦！弓矢之聲——

薛蘅蘆　　即使面目可憎？

賀若珊　　即使面目可憎。

薛蘅蘆　　醜陋？

賀若珊　　抑或醜陋。

薛蘅蘆　　即使相貌滑稽？

賀若珊　　紀郎哪會滑稽——對我而言永無可能！

薛蘅蘆　　然而即使如此你亦不變心，如恆相愛？

賀若珊　　不錯——甚至更深！

薛蘅蘆　　　(興奮地自語)果然！──果然屬實！──或許──天呀！太好喇……(向賀)──我，若珊──聽我講──

李急上，向薛低聲。

李百喻　　　薛蘅蘆──

薛蘅蘆　　　(回身)何事？

李百喻　　　哝……(耳語)

薛蘅蘆　　　吓！(放脫賀手)

賀若珊　　　究竟何事不妥？！

薛蘅蘆　　　(半痴呆，自語)一切皆空……

賀若珊　　　(聽到更多喧聲)究竟何事？哦，交鋒嗟！

賀往望外場。

薛蘅蘆　　　一切成空，我再難向她啟齒，永遠不能……

賀若珊　　　(奔向外)所因何事？

薛蘅蘆　　　(止之)無事。

眾校尉抬一人上，以身遮掩之。

賀若珊　　　各人──

薛蘅蘆　　　暫且迴避……(欲領她離去)

賀若珊　　　你方才有要事相告──

薛蘅蘆　　　哦？無事……(嚴肅)我指天為誓，紀時春之靈──紀時春「心靈」──與外表相比毫不遜色──

賀若珊　　紀郎「之靈」？（嗅）啊！──（衝前推開眾人）

薛蘅蘆　　一切成空……

賀若珊　　（見擔架上之紀）紀郎！

李百喻　　（向薛）身中亂箭。

賀撲在紀屍上，外場戰鼓、吶喊。

賈毓彬　　（手持劍）敵軍衝鋒！──列陣！──

賈領眾下。

賀若珊　　紀郎！

賈毓彬　　（外場）排開陣勢！

賀若珊　　紀郎！

賈毓彬　　列隊！

賀若珊　　紀郎！

賈毓彬　　弓上弦，刀出鞘！

何以盔盛水上。

紀時春　　（虛弱）若珊！……

薛蘅蘆　　（急俯身向紀耳語，賀撕衣蘸水）我已然相告，若珊所愛者是你。（紀閉目）

賀若珊　　（轉向紀）吓，紀郎？

賈毓彬　　上陣！

賀若珊　　（向薛）紀郎未死？……

賈毓彬	衝鋒！
賀若珊	我但覺其面，觸手冰涼──
賈毓彬	舉旗！
賀若珊	有封書──在心上──（拆信）致愛妻。
薛蘅蘆	（自語）我之絕筆……
賈毓彬	上！（戰鬥喧聲）
薛蘅蘆	（賀跪地握其手，欲縮回手）若珊──兩軍開始交戰──
賀若珊	且慢……紀郎死矣，除你之外他再無知己……（欲泣）紀郎豈非至情至聖，英雄無匹？
薛蘅蘆	（立起）正是呀若珊。
賀若珊	詩才絕世，文詞可人？
薛蘅蘆	正是呀若珊。
賀若珊	不但金玉其外，內在更有──文心雕龍？
薛蘅蘆	（堅決地）正是呀若珊。
賀若珊	（倒在紀心上）如今死矣……
薛蘅蘆	（拔劍，自語）我亦如是──吾心已死，吾愛為吾哀悼而不自知……

外場號角。

桂玉書	（傷額，匆匆上，叱喝）號聲──正是訊號！郭令公大軍回到──死命抵擋！──死守──大軍回轉喇！──
賀若珊	遺書之上──有血……有淚。
外場敵聲	快快投降！

眾校尉	決不投降！
何其樂	此地非常危險！──
薛蘅蘆	（向桂）帶她離去──吾將出戰──
賀若珊	（抱信，昏昏）紀郎之血……紀郎之淚……
何其樂	（奔前）佢暈咗咯──
外場敵聲	棄械投降！
眾校尉	寧死不降！
薛蘅蘆	（向桂）大人，你已經證明有勇──現下請照顧我表妹。
桂玉書	（抱起賀）好──若能再守一刻，定當反敗為勝──
薛蘅蘆	好！（桂與何抱賀下，大喊）若珊，永訣矣！

喧聲，數校尉負傷逃回上，薛欲奔出，賈濺血上，止之。

賈毓彬	我軍潰退──我身中箭傷──
薛蘅蘆	（大喊）眾鄉親聽住！奮西涼之勇，回頭猛攻！（扶賈）休慌！我有兩筆血債要算──一為紀時春，一為我自己！
	（薛取過賈手中縛賀巾之槍）立起軍旗，為若珊而戰！（插槍）眾兄弟！勇往直前！吹笛！衝鋒！（笛手吹軍曲，眾校尉鼓勇隨薛）
校尉一	敵軍殺入營來！（倒斃）
薛蘅蘆	來得正好──多多益善！──眾兄弟，吐蕃大限可見，殺呀！
吐蕃將軍	（率眾上）此等何人？何以不怕死？
薛蘅蘆	賈毓彬麾下，西涼眾健兒，丹心扶社稷；碧血染旌旗 ……（續唸，為戰鬥喧聲所淹沒）

125

第五幕——歸天

十四年後，長安玉真觀花園，中有梧桐樹，深秋九月，遍地落葉。園內有几及椅，几上為未完成繡花及工具。數道姑與主持交談。

道姑一　　玄機戴起新道冠對鏡照過兩次！

主持　　　(向玄機)色即是空，空即是色。

道姑二　　玄覺今早就從果籃偷取一顆黃梅！

主持　　　(向玄覺)出家人要戒貪念，貪即是痴。

道姑二　　我望一眼咋，小小一眼咋！

道姑一　　小小一顆黃梅咋！

主持　　　(嚴厲)我今晚就告知薛蘅蘆施主。

道姑二　　唔好！唔好呀！——佢會笑我哋㗎。

道姑一　　佢會話道姑都咁貪靚！

道姑二　　仲咁為食㗎！

主持　　　(莞爾一笑)仲咁天真爛漫……

道姑二　　主持呀！實有十年喇，薛施主每逢初一十五實嚟嘅可？

主持　　　多過十年咯；自從施主個表妹入觀隱居——素衣伴我輩緇衣，守節伴我輩守貞——正如烏鴉群中一頭白鴿。

道姑一　　從未有人能夠令佢愁容換上一絲笑意。

眾　　　　除咗薛施主！——連我哋出家人都忍唔住笑！——佢係人都開玩笑——係人都俾佢氹到開心——係人都喜歡佢——佢亦都喜歡我哋啲素餅——

道姑一	可惜佢無心向道！
道姑二	終須有日佢會悟道嘅！
眾	好 ── 難咯！
主持	由得佢啦，我唔准你煩親佢，咪嚇到佢唔敢嚟呀。
道姑二	但係……老君正道呢？
主持	你少擔心啦，老君有知，盡知佢人品。
道姑二	係嘅……但係佢次次都對我話，仲好似足以驕人嘅話：「小道姑，我昨日又食肥豬肉呀！」
主持	佢對你嘅話？上次佢嘅講，事實上佢兩日冇食過嘢呀。
道姑二	主持！──
主持	佢好窮；好窮。
道姑二	邊個話㗎？
主持	李百喻施主囉。
道姑二	點解冇人幫吓佢啫？
主持	噉佢會好嬲㗎，好嬲㗎……

賀白衣上；桂隨上，老態龍鍾。主持立起。

主持	我哋入去迴避吓 ── 紀夫人有客。
道姑二	(向道姑一)係唔係桂玉書大人？大元帥呀？
道姑一	我估係啩。
道姑二	佢好多個月冇嚟咯 ──
道姑一	佢好忙 ── 朝政啦！── 軍務啦！── 俗務啦！……

眾道姑下。

桂玉書	而你就長居道觀,辜負大好芳華——長年守節?
賀若珊	終身守節!
桂玉書	一般忠心?
賀若珊	一般忠心……
桂玉書	(暑頓)你可曾怨過我?
賀若珊	(望望殿中神像)我身入道中。(又頓)
桂玉書	紀時春……果真如你所言?
賀若珊	君若如我熟悉其人。
桂玉書	吓?我與紀君未算……深交……而其遺書——常在你心間?
賀若珊	懸於吾心,有如天師靈符。
桂玉書	死人——而你仍然如恆相愛!
賀若珊	有時我覺得紀郎未曾完全死去;我倆心靈相通,紀郎之情仍然在我身周奔流,活現。(暑頓)
桂玉書	薛蘅蘆經常到訪?
賀若珊	每月朔望,我唯一知己權充說話人,為我報導京師新聞。每次,在你所倚樹下,若是天色晴朗,定為他備下坐椅,我在此刺繡相待;暮鐘敲響;我就聽見,我不須回頭去望,鐘聲響過,表兄藜杖就在庭堦響起,表兄笑我繡個不完,為我講述半月來京師閒話——(李上)此步聲定是李百喻!——你老友我表兄近況如何?
李百喻	甚差!
桂玉書	當真?
賀若珊	此君好誇大其詞!
李百喻	並無虛言——孤獨,可憐——我如實相告!——老薛之詩樹敵太多——譏刺達官貴人沐猴而冠,虛報軍功,附庸風雅——一言以蔽之,論盡眾生!

賀若珊　　然而眾生皆懼其寶劍——無人敢攖其鋒！

桂玉書　　(聳肩)嗯——也許如此。

李百喻　　我非為結仇而替他擔心，而是孤獨——貧困——嚴寒冬日，如狼潛至，以青光狼目窺其暗室。此等豺狼終將擊敗我等英雄劍士！現時他每日束緊腰帶；其鷹鼻有如冰雕；只剩一領寒衣——舊黑棉布。

桂玉書　　世情如此未足為怪！李兄亦無須為此耿耿於懷。

李百喻　　(苦笑)老元戎！

桂玉書　　計我話，無須過份憐憫此人，彼既我行我素——言行盡皆隨己意所之！

李百喻　　國公爺！……

桂玉書　　我知——我享盡榮華；老薛則一無所有，惟是到今朝我以與他結交為榮……夫人請。

賀若珊　　待奴相送。(桂向李施禮，與賀步向門口)

桂玉書　　果然是實——我偶爾羨慕此人……你可知。當一個人享盡世間榮華富貴，當其人得來太易——未免稍覺亢龍有悔，雖則未曾作過任何大奸大惡，自有天知！——然而總覺得有千般小事不稱於心。總而言之未必算為有憾，然而可算一種隱約厭倦之感。……功名爵祿，步步高陞，有權有勢，然而錦袍登階之際，拖住一干空虛幻影，無奈悔意，正如君之披風，拖曳上階，帶有殘葉唏噓之聲。

賀若珊　　(諷刺地)君誠有心人也。

桂玉書　　哦，有心……(突止步)李兄！——(向賀)請稍待——(趨李，低聲)有一言奉告——你友薛蘅蘆雖則劍法無雙，惟是一般有人深深恨之，我昨日在朝中，也曾聽得如許某人向我言道：「薛蘅蘆此人可能——死於非命。」

李百喻　　(冷然)多承指教。

桂玉書	不須多禮，盡力阻他出門，叫他小心。
李百喻	小心！——他正首途來此，我將忠言相勸——惟是！……
賀若珊	（仍在階上，一道姑上）何事？
道姑	夫人，何其樂求見。
賀若珊	相煩帶上。（向二君）此人境遇堪憐——初則為詩迷，之後相繼做過唱戲——
李百喻	堂倌——
賀若珊	廟祝——
李百喻	伶工——
賀若珊	剃頭侍詔——
李百喻	樂工——
賀若珊	到如今——

何上。

何其樂	夫人有禮！——大人有禮！——
賀若珊	你先向李大爺訴一輪苦啦。
何其樂	惟是夫人——（賀送桂同下）都好，我都寧願——有你李大爺喺度——唔使咁快話佢知——我方才去探佢——薛大爺呀——行近佢門前，剛剛見倒佢出門口，我正想上前叫佢，喺街角，佢剛剛行過，唔知係有意定無心呢？佢頭上個窗門，有個家丁捧起一大紮柴，鬆手跌落嚟——
李百喻	薛兄他！——
何其樂	我衝前去睇佢——
李百喻	可惡賊子！

何其樂	見佢瞓喺地下 —— 頭殼頂有個大窿 ——
李百喻	可曾死去？
何其樂	未死，不過……我要孭佢上樓返屋企 —— 唉！你見過佢間屋未呀？ ——
李百喻	痛得如何？
何其樂	冇痛，佢暈咗。
李百喻	你可有延醫？
何其樂	搵到個贈醫施藥嘅。
李百喻	薛兄好苦呀！—— 切勿詳告紀夫人……大夫有何話說？ ——
何其樂	佢話傷咗條 —— 唔知乜嘢經脈，個名水蛇春咁長嘅 —— 鞋，你睇見佢就心酸咯，成個頭好似紮糭咁紮住！—— 我哋快啲去啦 —— 冇人睇住佢㗎 —— 得返一個人 —— 若果佢夾硬抬起個頭，怕會死人㗎！
李百喻	(扯何往台右)穿過大殿 —— 走捷徑 ——

賀上，見二人正欲離。

賀若珊	李大爺！——
	(二人急奔下)越叫越走？可憐何其樂定然一字一淚！(趨樹)今夕何夕！……如斯秋日，天朗氣清，然而不無憾意 —— 舊愁向人強笑……恍如春朝酸淚早已流乾 —— 仍然記得……(坐下刺繡，兩道姑搬坐椅置於樹下) 呀 —— 舊椅，專等舊雨！——
道姑二	係觀中最好一張！——
賀若珊	有勞師姐 —— (道姑下)呢 —— (鐘響)時辰又到？表兄從來未曾遲到！道姑在門前擋駕 —— 針呢……在此 —— 定是說他入道……(稍頓)到如今好應該頑石點頭 —— 又一片落葉 —— 難道 —— 剪刀呢 —— 有事阻延 ——

一道姑上。

道姑　　薛大爺到訪。

賀若珊　　(不回頭)何用猜疑呢？……有時幾難配襯淡脫之色！……

　　　　　(賀仍在繡，薛在階上上，面色蒼白，戴大帽，開始扶杖下階，
　　　　　明顯勉力而舉步，賀旋頭笑謔)十四年來，第一次遲到！

薛蘅蘆　　(到樹下，跌坐椅上；開心語調與痛苦表情對比)正是正是 ──
　　　　　氣煞！我一時受阻 ──

賀若珊　　哦？

薛蘅蘆　　有不速之客。

賀若珊　　(仍埋頭繡)貴客是否喋喋不休呢？

薛蘅蘆　　哦，非也 ── 只不過，來得不合時 ── 乃是一名老友 ── 起碼是
　　　　　舊相識。

賀若珊　　你可有下逐客令？

薛蘅蘆　　一時三刻則有之，「貴客見諒 ── 今日乃是十五 ── 在下有約在
　　　　　先，不能爽約，即如貴客亦未能令吾破例 ── 請於一時三刻之
　　　　　後再來。」

賀若珊　　貴客定須久候，入黑之前我斷不放人。

薛蘅蘆　　可能入黑之前我要告辭……

薛倚椅閉目，道姑二上，賀見亦示意稍待。

賀若珊　　你睇 ── 有人恭候你取笑呀。

薛蘅蘆　　(急張目)自當樂從！(笑謔語調)小道姑上前來！(道姑趨之)雙
　　　　　目低垂！── 如斯羞人答答 ──

道姑　　　(帶笑睜目)你 ──(見其面)吓！──

薛蘅蘆	(指賀)咻！(朗聲)昨日我又大嚼其肥豬肉！
道姑	我知。(自語)怪不知面色慘白……(低聲快速)你走之前，入偏殿 —— 我請你飲碗熱湯 —— 好嗎？
薛蘅蘆	呀 —— 敢不從命！
道姑	你今日幾順攤喎！
賀若珊	師姐可曾說服你入道呀？
道姑	好難咯 —— 難過登天呀！ ——
薛蘅蘆	哈，回心一想，果然難於登天 —— 你滿身正氣道貌，然而從未向我講經傳道！我就話難得難得……(兇兇地)呀 —— 我要你大吃一驚 —— 我要 —— (精心想出笑話地)准你今夜晚課之時為我誦經祈福！
賀若珊	呀哈！
薛蘅蘆	你睇 —— 小道姑簡直目定口呆！
道姑	我係都唔等你批准就去唸經。(下)
薛蘅蘆	唉，我若有望得見你繡完此花，天公就定必打救我！
賀若珊	早知你有此語。(風吹一葉下)
薛蘅蘆	黃葉舞秋風 ——
賀若珊	甚麼顏色 —— 霜葉嫣紅！試看風中飛舞。
薛蘅蘆	好 —— 死得其所，從枝頭到地上，小小一段路程，埋沒俗塵之中，稍感驚懼 —— 然而縱身輕盈落下 —— 飄飄若仙！
賀若珊	你 —— 多愁善感？
薛蘅蘆	非也，若珊！
賀若珊	既然如此，就任由落葉飄零，快與我述說朝中新聞！
薛蘅蘆	稍安無躁 ——

賀若珊　　呀──

薛蘅蘆　　（極力掙扎，痛苦活現面上）九月初一：聖上龍體不適，乃在連啖八束荔枝之後，痛魔押到殿前受審，判定罪犯欺君；聖上就此霍然而癒，龍脈如今回復平和。初二：東宮娘娘大宴，燃盡紅燭七百六十三枝。註：傳聞王師在邊地告捷，稍後：三名煉丹術士處斬。特別佈告：虞國夫人之小犬須吞下四粒丸藥方始──

賀若珊　　薛大爺可否請你住口！

薛蘅蘆　　初三……一夕無事，李中郎再結新歡。

賀若珊　　嘿！

薛蘅蘆　　（面色越加難看）初四：東宮全體移駕東都。初五：越國公向衛夫人有所要求，夫人堅決不允。初六：歌妓萬仙兒封為貴妃──差不多成事！初七：衛夫人終於點頭應允。初八……（閉目，垂頭，靜默，賀驚異旋頭，見狀立起大驚）

賀若珊　　昏迷過去──蘅蘆表兄！

薛蘅蘆　　（張目）吓……何事？……（拉帽）無──無事──事實並無大礙──千真萬確！

賀若珊　　惟是──

薛蘅蘆　　舊傷而已──在於靈武──昔日──你深知……

賀若珊　　可憐人！

薛蘅蘆　　哦，小事；快將小事化無……（迫出一笑）嗥！化無咯！

賀若珊　　我等皆有舊劍痕──我之傷──在此……（捧心）由此墨跡模糊一紙遮蓋……如今已難辨認──僅餘血跡──淚痕……

暮色漸合。

薛蘅蘆　　是其絕筆！……你也曾許下某日……某日……容我一讀？

賀若珊　　紀郎絕筆？── 你……你意欲──

薛蘅蘆　　今夕 ── 我果真意欲一觀。

賀若珊　　(解下頸上香囊，取出信遞薛)嗱……

薛蘅蘆　　可否……展閱？

賀若珊　　任從展閱。(回座繡花)

薛蘅蘆　　(展書讀出)「若珊，永訣矣，只因今日，是吾死期 ──」

賀若珊　　(驚愕抬頭)朗讀？

薛蘅蘆　　「吾固知今日必死，然吾心滿懷情意，恰如負重，未克傾訴，然
　　　　　則未訴而終乎！嗟乎此目，再難痛飲朱顏如酒，更難以目作
　　　　　唇，輕吻深閨夢裡人 ──」

賀若珊　　你讀得如此 ── 紀郎之書！

薛蘅蘆　　「猶憶見愛妻纖纖玉手，輕拂雲鬟 ── 吾心不由自主，放聲高呼
　　　　　──」

賀若珊　　紀郎之信……而你讀得如此……

暮色四合。

薛蘅蘆　　「高呼不已：別矣伊人，吾心所繫 ──」

賀若珊　　這聲音……

薛蘅蘆　　「── 心上斯人，吾之至寶 ──」

賀若珊　　(如夢)正是此一聲音……

薛蘅蘆　　「吾之珍愛 ──」

賀若珊　　── 我記得當夜也曾聽聞……(顫抖) ── 多年之前……

賀慢慢移近，薛不知，倚樹在薛肩後看信。夜色漸黑。

薛蘅蘆	「──永不遠離君側，即在如今，亦不相離，期以來生，定當深心相愛，無涯無際，超乎──」
賀若珊	（手搭其肩）你怎能讀得出？天色已然全黑……

薛驚覺，見賀近在身畔，既驚且懼；垂頭。長停頓；賀雙手互握，抵聲。

賀若珊	而十四年來，斯人也，一直是我老友，不時通話，逗我開心。
薛蘅蘆	若珊！──
賀若珊	原來是你。
薛蘅蘆	非也，若珊，非也。
賀若珊	我早該知曉，每次聽聞你呼喚我名字！……
薛蘅蘆	非也──並不是我──
賀若珊	正是……你！
薛蘅蘆	我發誓──
賀若珊	如今我完全明白：所有書信──盡是你……
薛蘅蘆	絕無其事！
賀若珊	而一切親切傻話──盡皆出自你手……
薛蘅蘆	非也！
賀若珊	而那聲音……在黑夜之中……亦是……你！
薛蘅蘆	我向蒼天──
賀若珊	而……我所傾慕那顆情心！──全部是你。
薛蘅蘆	我從未愛過你──
賀若珊	正是，你深深愛我。
薛蘅蘆	非也，是紀時春愛你──

賀若珊　即使如今，你仍然愛我！

薛蘅蘆　（轉弱）無此事！

《悟情日暮》歌詞

	台詞
賀若珊　就學時代，從未有相愛， 相爭鬥文思辯才。 木劍竹馬，前事倍添哀， 心間多感慨。	賀若珊　（帶笑）何以要……如此 大叫「無其事」呢？
薛蘅蘆　舊義仍在，惟獨情不再， 心中愛求諸未來。 但你夫婿能令人心花開， 旁人不配談相愛。	薛蘅蘆　絕無絕無，皇天在上， 我絕無相愛之意！…… （稍頓）
賀若珊　書中字句，我尚藏心懷內， 你眼淚表愛念， 為何忘情誰是障礙。	賀若珊　多少眾生死去……又有 多少新生！……你何以 多年噤口不言，一直以 來，朝朝暮暮，紀郎並 無一物酬我 — 你所深 知 — 你明知此處，我 心上此絕命書中， 染有你之淚痕 — 你明知是你之淚 —
薛蘅蘆　他死以後，一切拋開， 遺墨曾沾他的血，應記念， 你我兩個已經滄海。	
盡是無奈，情字無心載， 空憶往昔風采。共對不語， 情字已拋開， 從來不敢說相愛。	薛蘅蘆　（遞信）卻是紀時春之 血。
	賀若珊　何以到今夕今宵， 方始開口？
	薛蘅蘆　何以？哦，只因 —

李與何急奔上。

李百喻　當真不知死活 — 我早知！果然來了此間！

薛蘅蘆　（笑欲立起）哦？我在此間！

何其樂	夫人呀，佢走嚟呢處簡直係自尋死路！
賀若珊	吓——哎吔……方才昏迷……莫非？——
薛蘅蘆	小意思！我尚未完成報導——十五：晚飯前半個時辰左右薛蘅蘆大爺中伏，身亡。(脫帽，露出裹傷)
賀若珊	吓？此話怎解？——表兄！——你胡為至此？——
薛蘅蘆	「但願死於英雄劍下——心上插龍泉，唇上帶笑意！」不錯，我曾作此豪語，造物弄人！——且看我遭人暗算——背後受敵——街頭巷尾作沙場——家奴走狗作勁敵。淪落至死於柴堆之下！……命中早有安排——萬事皆不如我意，甚至死亦不得其所！
何其樂	(大慟)大爺！——
薛蘅蘆	何其樂，休再哭哭啼啼！(執其手)老詩家，今日有何新作？
何其樂	(泣)我依家唔係詩家略；我幫——詩壇新秀柳宗元——剪蠟燭！
薛蘅蘆	哦——柳宗元！
何其樂	係，不過明日我辭工喇，佢昨日寫咗首漁翁七絕——偷咗你嘅詩句——
李百喻	全首——一字不易！
何其樂	係囉，「款乃一聲江盡綠」——啊首囉。
李百喻	(盛怒)柳宗元將你手稿——剽竊！——
薛蘅蘆	吓——果然識貨……好詩嗎？
何其樂	唉，大爺，成班文士，拍枱大讚——大讚——讚到天上有地下無！
薛蘅蘆	正是——我一生寫照……可曾記得，當晚紀時春在你窗下剖心之句？命該如此！我在下邊隱藏暗處，人家攀上樓台領賞——索得一親香澤！——好——亦算公平——我仍舊斷言，即使到今，在我一足踏進墓中之時——「柳宗元有才——紀時春有貌——」(鐘響，眾道姑魚貫列隊進殿晚課)暮鐘響過；眾師姐進殿晚課。

賀若珊　　(立起喊)師姐！——師姐！——

薛蘅蘆　　(緊執其手扶持)休——休走——待你回轉之時，我已可能不
　　　　　在……(眾道姑進殿下，誦經聲)我正需仙音相送——且聽……

賀若珊　　不可能死去！我全心相愛！——

薛蘅蘆　　不可——命中註定並無此一章！你可記得坊間故事：齊宣王向
　　　　　鍾無艷示愛：醜女登時化為天仙美貌……惟是試看我，依然故
　　　　　我。

賀若珊　　而我——我一手造成！千錯萬錯——是我害你！

薛蘅蘆　　你？非也，剛剛相反！若非有你，我從未識女兒蜜意柔情，我
　　　　　自小因貌醜而失愛於娘親，從不肯以慈懷相顧——我亦未嘗有
　　　　　姊妹——其後，又怕煙花娟妓，笑裡藏奸；然而你——全賴有
　　　　　你，我得一友，而又非獨為友——在我一生之中，一襲悉索羅
　　　　　袍！……

李百喻　　(指指頭月)你一名友人正在垂盼於你。

薛蘅蘆　　(對月笑)果然……

賀若珊　　我平生獨愛一人，卻兩番失之……

薛蘅蘆　　李百喻——我行將飛升月殿——而不須製成飛天之器！

賀若珊　　是何言歟……

薛蘅蘆　　明月——正是我安身之處——我之桃源！我將在彼方，與其他遊
　　　　　魂為友——李太白——司馬相如——

李百喻　　千不該！萬不該！太無稽——太不公——如此良友——如此
　　　　　詩人——如此丈夫竟要如此——如此去法！——

薛蘅蘆　　不愧是李百喻，又怒吼！

李百喻　　好朋友！——

薛蘅蘆　　(半立起，雙目迷糊)西涼眾健兒，京師之衛……社稷之光——
　　　　　呀——道理在此！好……

李百喻　　胡言亂道——可憐八斗才高——

薛蘅蘆　　然而又有個李淳風——

賀若珊　　唉！

薛蘅蘆　　好，惟是你何以得此極樂之土？——你何德何能，得以高升至此？……名士高才，工詩擅曲，劍客——飛龍在天，復墮紅塵！才思敏捷——世所無匹——痴心一片……無人可及……關西薛蘅蘆——多才多藝——一事無成！好，必須告辭——請多多見諒——不能久留！月色臨庭，載吾歸去……（跌坐椅上，半昏迷，聞賀飲泣醒轉，輕撫賀髮）我不求你對紀時春忠烈英魂，稍減哀悼，惟是或許——只求一事——我傲骨成冰之後，你孀居喪服，或能有雙重意義，你為亡夫所灑之淚，亦盼有半點——為我而流……

賀若珊　　（泣）表兄！……

薛蘅蘆　　（顧門，立直身子，推開賀）——休在此！——伏地而終！……（眾欲扶）不許任何人扶我——不准！——只需古樹……（背靠樹，稍頓）死期將近……我已覺渾身冰冷……猶如灌鉛……（喜悅）閻羅鬼使，歡迎駕臨！將見我依然獨立——手執寶劍——（拔劍）

李百喻　　薛兄！——

賀若珊　　蘅蘆！（半昏迷）

薛蘅蘆　　我見倒——鬼差冷笑——凝望此鼻——小鬼卒——你說甚麼？無望？——哦，好！——惟是大丈夫作戰不求必勝！非也——非也——知其不可而為之，更勝一籌！……爾等——何物小子？以一敵百——我認得，老對頭——（揮斬空氣）我要殺盡世上妖魔鬼怪——「無信」！……「無義」——「不仁」——與及「不勇」——吓？投降？萬萬不能！寧死——不降！……呀，還有你，驕矜！我早知會死在你手上——不可！我要再戰！再戰！我再戰！（揮劍舞大圈，停頓，喘氣，轉聲調）

秋雨梧桐別意濃
美人如玉劍如虹
詩痴今夕登天府
故友他朝弔月宮

薛舉右手劍。

薛蘅蘆　　劍膽豪情……終是幻

薛放手，墜劍。

薛蘅蘆　　琴心……蜜意……總成空

　　　　　手中惟有……(視空手)

賀若珊　　手中惟有？……

薛蘅蘆　　手中惟有……(舉左手杖)青藜杖

　　　　　大節……無虧……表義風……

薛倒在賀懷中，含笑而逝。

劇終

陳鈞潤 (1949-2019)

陳鈞潤，香港出生，是著名的戲劇翻譯家、編劇、作家及填詞人。自上世紀七十年代起翻譯歌劇中文字幕多達五十多部，至八十年代中更開始為香港劇場翻譯舞台作品超過五十部，其中不少是廣受歡迎且多次重演的經典名作。

陳鈞潤六十年代於皇仁書院畢業後，考獲獎學金入讀香港大學，主修英文與比較文學。曾任香港大學副教務長、中英劇團董事局主席、香港電台第四台《歌劇世界》節目主持及康樂及文化事務署戲劇及歌劇顧問。陳鈞潤文字修養極高，他翻譯的作品，人物語言極具特色，而最為人津津樂道的，是他把舞台名著改編成香港背景下的故事。他善用香港老式地道方言俚語，把劇本無痕地移植育長，其作品是研究香港戲劇和語言文化的珍貴寶藏。

學貫中西的陳鈞潤以其幽默鬼馬卻又不失古樸典雅之翻譯風格而聞名。他以香港身份為本，將西方劇作本地化及口語化。多年來其作品享譽盛名，當中包括改編自莎士比亞的浪漫喜劇《元宵》、法國愛情悲劇《美人如玉劍如虹》、美國黑色音樂喜劇《花樣獠牙》、《相約星期二》、《泰特斯》等不朽經典。

陳鈞潤多年來於戲劇界的表現屢獲殊榮，包括：1990年獲香港藝術家聯盟頒發「劇作家年獎」；1997年獲香港作曲家及作詞家協會「本地原創正統音樂最廣泛演出獎」；1998年其散文集《殖民歲月 —— 陳鈞潤的城市記事簿》獲第五屆「香港中文文學雙年獎」；2004年以「推動藝術文化活動表現傑出人士」獲民政事務局頒發「嘉許狀」；及獲香港特別行政區頒授榮譽勳章。除此，陳鈞潤一直在報章撰寫劇評，為香港劇場留下大量的資料素材，貢獻良多。

陳鈞潤翻譯劇本選集 —《美人如玉劍如虹》

原著
Cyrano de Bergerac by Edmond Rostand

翻譯及改編
陳鈞潤

策劃及主編
潘璧雲

行政及編輯小組
陳國慧、江祈穎、郭嘉棋*、楊寶霖

校對
郭嘉棋*、江祈穎、楊寶霖

聯合出版
璧雲天文化、中英劇團有限公司、
國際演藝評論家協會（香港分會）有限公司

璧雲天文化
inquiry@pwtculture.com
www.priscillapoon.wixsite.com/pwtculture

中英劇團有限公司
電話（852）3961 9800　傳真（852）2537 1803
info@chungying.com　www.chungying.com

國際演藝評論家協會（香港分會）有限公司
電話（852）2974 0542　傳真（852）2974 0592
iatc@iatc.com.hk　www.iatc.com.hk

鳴謝
陳雋騫先生及其家人、麥秋先生、張可堅先生、
司徒偉健先生、歐陽檉博士、劉欣彤小姐

封面設計及排版
Amazing Angle Design Consultants Limited

印刷
Suncolor Printing Co. Ltd.

發行
一代匯集

2022年2月於香港初版

國際書號
978-988-76137-1-8

售價
港幣300元（一套七冊）

Printed in Hong Kong

資助 Supported by

中英劇團由香港特別行政區政府資助。Chung Ying Theatre Company is financially supported by the Government of the Hong Kong Special Administrative Region.

國際演藝評論家協會（香港分會）為藝發局資助團體。IATC(HK) is financially supported by the HKADC.

香港藝術發展局全力支持藝術表達自由，本計劃內容並不反映本局意見。Hong Kong Arts Development Council fully supports freedom of artistic expression. The views and opinions expressed in this project do not represent the stand of the Council.

* 藝術製作人員實習計劃由香港藝術發展局資助。The Arts Production Internship Scheme is supported by the Hong Kong Arts Development Council.